ニライカナイへの往路

伊波敏男著

まえがき

人として生きるとは？ どのような意味を持つのだろうか？

太平洋戦争末期の沖縄戦の中、乳飲み子だった私の命は守られたが、ハンセン病を発症し、14歳で隔離収容された。絶望、孤独、悲哀の中の少年期、療養所を脱走しパスポートを手に父とともにでヤマトに渡った。この病に罹った者としては幸運にも進学、就業ができ、施設運営組織の常務理事を務めた。その後、1996年の「らい予防法」廃止を機に、ハンセン病を病んだ人々の人間の尊厳を奪い、病み棄てにしたこの国と国民の無関心の扉を開きたいと、作家活動に転進。処女作『花に逢はん』を日本放送出版協会から出版した。書名は作家、檀一雄の絶筆の色紙「モガリ笛幾夜もがらせ花ニ逢はん」に依った。私にとっての「花」は、人との出逢いであり、人生は「花」を探す旅路だった。

また、「平和と人権」の問題は私の人生課題であり、苦難の多かった年月を生き抜く力の源泉でもあった。

２０２４年1月1日、「緊急地震警報」のけたたましく鳴り響く音で、慌ててリモコンに手を延ばした。アナウンサーの「避難」の叫び声に、寿ぎの新暁は明けた。

能登半島の大地が割れ、わが家が正月の団欒を圧し殺し、炎が街を焼き尽くした。天地異変の前に人間は如何に無力であるか。

他国家への不信、疑心暗鬼は、「国家防衛」の大義を旗印に、辺野古大浦湾に牙を剥きだした。「公平・正義」の仮面をかぶった「司法」の裁可の元に岩石の投下がはじまり、間もなく砂の柱7万本余が、蒼い海に打ち込まれる。地球の至る所で大地が悲鳴を上げ、国家・民族・宗教・難民・肌の色・分断・憎しみが心の奥に仕舞い込まれ、人が殺し合い、国家権力が国民の口をふさぐ。

81歳を迎えた私が、残された自らの人生の立ち位置を問いながらの最後の著書を書き上げた。

人との出逢い、そして平和と人権を求める闘いの中に私の人生の道標があった。この著書はその道標をたどった、私の足跡である。

ニライカナイへの往路　目次

＊ニライカナイ　沖縄地方では、東の海の彼方にある神々の住む、死者の魂が向かう理想郷と言われている。なお、この作品は私的ノンフィクション。ドキュメントを中心に書き綴っているが、これまで取材した中で書き残している出会いがあり、一部、小説的手法を加味して再録している。

表紙画・名嘉睦稔「大礁円環」１９９６年
本文イラスト・斉藤彩乃・古川凜（長野県長野市立長野高等学校）

序の章　もう　いいかい

蔦紅葉わが執着に照り映える

２０２３年3月14日、私も80歳を迎えた。それは、やっとなのか、とうとうなのか、判定に迷っている。

59年ぶりに帰ってきたふるさとの沖縄。

前田トンネルを背に、沖縄都市モノレール「ゆいレール」経塚駅から徒歩5分、那覇空港から約30分の利便性に優れた地の浦添市前田１１５８番地に建つケアハウスありあけの里に、２０１９年11月23日、妻の繁子と2人で入居した。

入居した部屋は、４階の角部屋17・18号室である。トイレ・シャワー・居室を含め18㎡を終の棲家と決めた。

人生80年のアルバムをめくると、波乱万丈の過ぎ来し方が思い返される。

その時々のハイライトシーンのみをプレイバックしながら、これからの心の準備をしたいと、この文章を書きつづっている。

私は思う。

人は「誕生」から「死」との間には、「余生」というのはない。あるのは、すべて「人生」のみである。

私は1943年生まれ、誕生地は沖縄本島の約400km東方の南大東島である。沖縄戦時は、沖縄本島の今帰仁村《なきじん》に疎開し、砲弾や銃火の中、母親の背に負ぶわれ逃げまどったという。

14歳になると、ハンセン病発症により沖縄愛楽園へ隔離されるが、16歳で米国施政権下の沖縄（当時は琉球と呼ばれていた）を脱走し、琉球列島住民と記された海老茶色の表紙のパスポートを手に、父とともにヤマトへ向かった。

鹿児島県鹿屋市のハンセン病療養所星塚敬愛園にたどり着き、琉球列島住民から〝日本人〟の患者になり、高等学校の受験資格を得た私は、岡山県立邑久《おく》高等学校新良田《にいらだ》教室を受験、合格し、格子のついたオユ10形鉄道郵便車で岡山へ運ばれた。

車中、「MTL国際らい会議報告書(1954)」「らい患者の救済と社会復帰のための国際会議(1956)」を目にし、衝撃とともに生き方の座標軸を示され、波乱の人生の指揮棒が振られたことが、思いだされる。

ハンセン病を発症した患者が唯一学べるのが、長島愛生園内にある岡山県立邑久高等学校新良田教室であった。私の進学の第一関門が沖縄愛楽園を脱すること、第二関門は出入国管理令で厳しく監視されていた「らい患者」の私が、検疫官の目をくぐり抜け、パスポートに「出国」の押印を受け、一番近くにある鹿児島のハンセン病療養所にたどり着き、入所を許され、〝日本人〟のハンセン病患者になることだった。そうすることで、岡山県立邑久高等学校新良田教室の定員30人の受験資格が得られた。

在学中、若い整形外科医橋爪長三医師の執刀で7回の腱移行整形手術を受け、社会復帰に備えた。

自分たちに覆いかぶさっている「疾病と社会」の関係性を学びたいと、1967年、中央労働学院に入学した。

卒業後の1969年、社会福祉法人東京コロニーに、ハンセン病回復者を名乗り、授産作業者として入所し、社会生活をスタートさせた。

1971年に結婚し、1972年に長男、1975年に長女が誕生したが、結婚生活はわずか9年、1980年の夏に離婚した。子どもたち2人も私の元を去ってしまった。

1993年、繁子と出会い、再婚した。1996年、89年間存続した悪法「らい予防法」が廃止され、同年8月、社会福祉法人東京コロニーと社団法人ゼンコロの常務理事を退任、退職して、1997年、処女作『花に逢はん』（日本放送出版協会）を発表。同書が、第18回沖縄タイムス出版文化賞を授与され、作家の世界に足を踏み入れるようになった。

以後、『夏椿、そして』（日本放送出版協会）、『改訂新版 花に逢はん』『ゆうなの花の季と』『島惑ひ』『父の三線と杏子の花』（以上人文書館）、『ハンセン病を生きて』（岩波ジュニア新書）、『句集 蒼い海の捜しもの』（私家版）と書きつづった。

2000年、長野県上田市を終の棲家と願い移住する。

2003年、ハンセン病療養所入所者に対する補償金で「伊波基金」を創設し、フィリピン国立大学医学部レイテ分校の医学修学生対象に奨学金制度を開始する。

２００４年、沖縄の現状と近代史を学ぶ目的で、７人の呼びかけ人で「信州沖縄塾」を開塾し、塾長に就任した。

２０１０年、私立（現公立）長野大学客員教授を拝命し、主に、「ハンセン病問題」を講義した。２０１３年、「伊波基金」を「ＮＰＯ法人クリオン虹の基金」と改組して理事長に就任する。

長野在住は19年間に及び、学校教育・社会教育の場で、約６００回、ハンセン病問題の講演活動を行う。その啓発活動歴とのつながりで、沖縄移住後の２０２２年に開催された「ハンセン病市民学会全国交流集会ｉｎ長野」の開催地実行委員長を務めることになった。

私の後半生を豊かな彩《いろどり》にしたのが作家活動であると特筆できるが、処女作『花に逢はん』と次作『夏椿、そして』の出版には、舞台裏のいろいろなドラマがあった。しかし、それらをこれまで書き残すことができないままであった。著述を生業とするようになったいきさつや、19年間の長野生活での数多くの出会いなど、私の記憶の中にだけしまっておいた、伝えたいことが数え切れないほどあり、この『ニライカナイへの往路』に書き記そうと思い立った。

私は「書籍」に関して、「紙と文字の文化である」とのこだわりがあった。そのため、私の既刊本にも、いくつかの出版社から電子書籍化の申し入れがあったが、すべてお断りしてきた。

しかし、今、自分史中心のこの作品を書いているうちに、ひとりでも多くの人に伝え、記憶してもらいたいとの想いがつのってきた。そのため、いつでも、だれでもが、目にふれることができるようにしようと考えた。その場合、連載の掲載先は、「ＮＰＯ法人クリオン虹の基金」のホームページ上と決めた。

だが、待てよ、その決意をしながら〝誰でも自由〟に、『ニライカナイへの往路』を読んでもらおうとの私の願いはどうするのか？　実に、悩ましい。

まわりの助言では、同書はこれから人生終末期を迎える世代が、参考になる記述がいたるところにある。しかしこの世代はパソコンやＩＴとはほとんど無縁の世代である。ぜひ、紙に活字での出版をとの要望を受け、沖縄の出版社にこだわり、世に問うことにした。

読者が目にしているこの文章は、私のある種の「遺言書」でもある。

私が2019年から入所している浦添市「ケアハウスありあけの里」裏の丘は墓地になっており、そこには今、月桃《げっとう》が香《かぐわ》しく咲き始めている。

この老人ホームの定員は50人、私が入居している4階は18人が生活しているが、食事時は黙食であり、昼間でも生活音がなく静かである。

時折、隣の宜野湾市にある普天間飛行場から離発着する、ジェット機やヘリの爆音が、「音の主役の座」になっているのが腹立たしい。


そのような状況に身を置いていると、自分の近未来の姿が見えてくる。つい、数週間前まで自力歩行していたAさんが、車椅子に乗る。食事を口に運んでいたBさんの手の箸が、フォークとスプーンに代わり、しばらくすると介護職員から食事介助を受けている。

時よ！　年寄りの「時間」を削り取るのは、少しばかり早すぎないか！

もっと、ヨーンナー、ヨーンナー（ゆっくり、ゆっくり）にしてほしいものだ。

年寄り達から、次第に言葉が消えていく。誕生してから、障がいがなければ、人が作り上げた言葉社会に参加してきたというのに……。

私が、伝達手段として手話があるのを知ったのは20歳代だった。

もっと、もっと、多くの人と交わり、心に浮かんだ言葉を選ばず、伝えたいことを呑み込まず、口・表情・文字・手話という、あらゆる伝達方法を駆使し、伝えたい心の意志を、この世に、一言も残さず表現し、臍《ほぞ》を噛むことがないようにしたいものだ!!


フェラーリでなく、さっそうと車椅子に乗る102歳のHさんは番外だ。彼女は間違いなく月桂冠を頭に乗せる勝者である。80歳の私は、ここでは、一番若手の洟垂れ小僧である。日々、リビングに集う、一人ひとりの姿が見える……。

その景色を冷静に、淡々と見つめている自分がいる。

そうだ!! 私も確実に老い、呆ける……。

その前に伝えたいこと、書き残すべきことに取り掛かろう!!

「にんげん」を長く務めてくると、たくさんの人との出会いと別れがあった。

私の心の備忘録は、「感謝と懺悔」で埋め尽くされている。

それを、少しでも……。

私には生物学的最期の迎え方の希望がある。自分の死期を感じた時、私は、これまで関わったすべての人に「ありがとう」と、心で唱え、新たな人生の門出に、自らに祝福の声を掛け、カウントダウンタイマーを作動させたい。

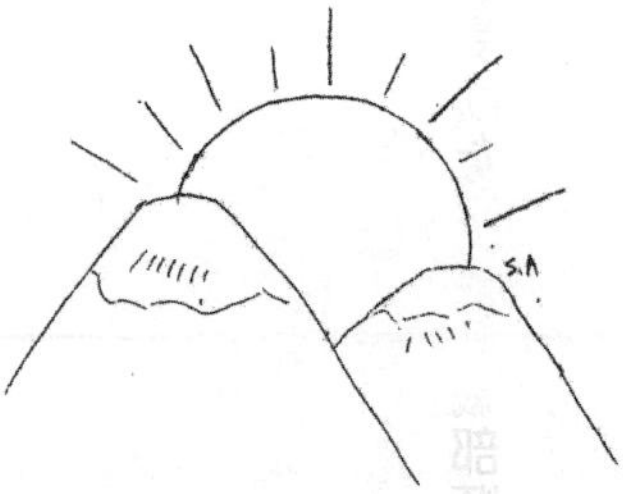

1の章　ろうあの弟と兄

おきなわで頬伝うなだ《涙》民の梅雨

新潟県立新潟聾学校（2022年に閉校）で、手話教育を受けた卒業生磯部順二君が、兄に伴われて授産施設東京コロニーへの入所手続きのために来所した。

その時、東京コロニーには、ケースワーカーをはじめ、誰一人手話を習得した者はいなかった。そのため、面接は筆談中心に行われた。

同伴する兄が差し出した名刺にはU出版社と記されていた。

「父は漁師でしたが、50代で冬の日本海に飲み込まれ、弟が中学2年生の時、母も亡くなりましたので私が親代わりです。弟と私は年が離れた2人兄弟です。弟は聾学校高等部卒業まで寮生活をしていましたが、これから、自立してもらいたいと思い、学校からの紹介で、相談に伺いました」

筆記による磯部君への質問にも、ほとんど兄が、引き取って答えていた。

ただひとつ、彼が自らの希望を書き出したのは、「自分の力で生活できるようになりたい」と、いうことであった。

社会福祉法人東京コロニーは、障がい者の福祉工場経営と授産施設の運営をしていて、構成員は総数約８００人、事業総収入は印刷事業を中心に約30億円、その製本工程は職人技術者７人を率いる工場内の外注製本会社が担当していた。


この章の理解を助けるために、当時の障害者行政の説明をしよう。

福祉は厚生省、労働は労働省が管轄し、１９６０年にやっと「障害者雇用促進法（その後法律名を「障害者の雇用の促進等に関する法律」に改定）」が制定され、一定規模企業の非現業的事業の法定雇用率は１・３％、現業的事業所務は１・１％と決められ、未達成率に従い罰則的に雇用率不足分は納付金を納めるようになった。

２０２３年の一般企業の法定雇用率は２・３％で、３年後は２・７％。国・地方公共団体は、それぞれ２・６％から３・０％に引き上げられた。

養護学校高等部を卒業した障がい者の行き先は、厚生省管轄下の法定施設・授産施設が担っていた。労働市場に結びつける訓練が大義名分に掲げられているが、雇用先の門戸が狭く、ようやく、障害者雇用促進法が制定されたばかりであり、障がい者は、安い工賃、おまけに施設利用料が徴収され、長期に授産施設に滞留していた。

この法定授産施設の絶対数も足りず、養護学校卒業後の行き先がないという問題が現れた。その対応策として、養護学校の教師や障がい者を抱える家族の運動によって、「小規模共同作業所」が全国各地に雨後の筍のごとく作られた時代であった。

１９６７年、東京では美濃部亮吉革新都政が誕生し、３期にわたる美濃部都政は、社会福祉政策に画期的な進展をみせた時代であった。障がい者の雇用問題を解決するために、１９７２年に都立葛飾福祉工場、１９７４年に板橋福祉工場、１９７５年に大田福祉工場を建設するが、障がい者の授産施設を運営する社会福祉法人に委託をする。その葛飾工場と大田福祉工場を、東京コロニーが受託し、現在に至っている。

磯部君は、外注製本会社の社長に預けられ、技術習得に励むこととなった。

彼を受け入れた東京コロニー中野工場では、はじめてろうあ者が入所したことを契機に、ケースワーカーを中心に、12人の従業員が参加する手話サークルが誕生し、毎週、外部から招いた講師と磯部君を中心に、熱心な学びをつづけるようになった。

間もなく、磯部君を囲む人の輪が生まれ、笑い声がはじけていった。


磯部君の入所から3年が経過した。製本会社のH社長から、報告したいことがあるので時間をとって欲しいとの電話を受けた。

「磯部君は筋がいいねー。私が太鼓判を押すよ、もう一人前の製本技術者だ」

その報告は、すぐに授産作業者の処遇ケース会議で検討され、磯部君は、東京都立大田福祉工場への就職となった。福祉工場は社会保険も労働保険も適用対象となり、東京コロニーが東京都から経営委託を受けていた。

報告を受けた磯部君の兄は、弟の肩を何度もたたき、満面の笑みを浮かべた。そして、私の手を握りしめた。

福祉工場就労から3カ月後のことである。当時、私は東京コロニーの常務理事を務めていた。

19時過ぎ、所長室がノックされた。

「はい、どうぞ」とドアを開けると、憔悴《しょうすい》しきった表情の磯部君だった。

「どうしたの？　入りなさい」と、覚えたばかりの少ない手話で招き入れた。

磯部君は崩れるようにソファーに座り込み、ポロポロ涙を落とした。

「どうしたの？」と、問い掛けると、手話で「ごめんなさい、ごめんなさい」と繰り返し、きびすを返して部屋を出た。

翌日、福祉工場の所長に、磯部君に特別な事態があったのかと電話した。

「いや、何も変わったことはありませんが……。今朝も挨拶を受けました。元気に働いていますよ。ケースワーカーに確認しますが……」

翌週の火曜日、また、磯部君が訪ねてきた。しかし、何を問いただしても、うなだれているだけであった。

数日後、磯部君と私、両工場のケースワーカーが同席して話し合いがもたれた。

口をへの字に結んだままの磯部君は、2人のケースワーカーの問い掛けには答えず、ただ、じーっと、私を見つめていたが、突然、声をあげて泣き出した。泣きながら、私に指を差し、手話で私に問いかけた。

慌てて中野工場の鈴木ケースワーカーが、彼の手話を追いかけるように通訳した。

「常務理事、あなたは、３カ月も会話がない世界で、耐えられますか?! 会話のない3カ月、想像してみてください。福祉工場で、手話ができるのはケースワーカーひとりだけです。彼女は、外部との手続き業務等で、ほとんど外出しています。ここ３カ月で、福祉工場で会話らしい会話は、ほとんどありません」

大田福祉工場の山中ケースワーカーが顔を赤らめながら言った。

「ごめんね。不自由な思いをさせたね。手話サークルづくりを呼びかけたら、やっと、４人の申し込みがあったの。もうしばらくだから」

「ありがとう。でも、もう、ぼく、限界です。頭がおかしくなりそうです。出勤するのが苦しいのです！」

磯部君は両手を合わせ、合掌しながら、私に語りかけた。

「常務理事、お願いがあります。私をこの中野工場にもどしてください。中野工場には、手話ができる方は、20人以上おります。どんな会話も冗談も、一切、困ることはありませんでした。以前の授産作業者の処遇でいいですから、ここに、帰してください。お願いします。お願いします」

私は障がい者の福祉労働システムについて、「上りはあっても、その逆はない」と、懸命に説明したが、彼は聞き入れようとはしなかった。

彼の懇願のための訪問は、その後もつづいた。

「あなたは、3カ月も会話のない世界に耐えられますか？」

彼からの問いかけは、私に東京都福祉保健局と中野福祉事務所へ足を向けさせた。

「福祉工場から授産施設へ」

この逆コースの道は、難解な相談案件であったが、やっと、決裁が下りた。

ところが、時を置かずに磯部君の兄が、私との面談を申し込んできた。

招き入れた応接室では、目を吊り上げた磯部さんが、挨拶もなしに声を張り上げた。

「あなたはどんな了見で、弟を雇用関係がある世界から、授産の処遇に引き下ろすのか？やっと、肩の荷が下りたと、一緒に祝いの席で、喜び合ったではないか！」

「磯部さん、まあ、お茶でもどうぞ」

磯部さんは茶卓ごと荒々しく茶碗を手に取って、一気に飲み干した。

「常務理事、今度のことを、なぜ、一言も、私に相談もなしに進めたのですか」

「磯部さん、弟さんから、あなたに、今度のことについて、一言の相談も、なかったのですか」

「ありません。相談も何も、これまですべて、弟のことは私が……」

「磯部さん、いつも口癖のように、親代わり、親代わりと、口にしますが、あなたの弟さんは、来月には、20歳を迎えるのですよ。あきれさせるのも、いい加減にしてください。いいですか、彼は、もう大人です。お聞きしますが、これまで、自分のことを、彼に決めさせたことはありますか」

「そんなものはない！ 全部、私が……」と言って、磯部さんは一瞬、口ごもった。

「あなたに、順二君の親代わりを口にする資格はありません。弟さんは苦渋の選択を、自分自身でしたのです」

私は、つづけて、強い言葉を磯部さんに浴びせた。

「磯部さん、あなたはどうして、弟さんに『弟よ、お前は、やっと、自分の意思で、自分のことを決めたか』と、褒める言葉を掛けることができないのですか！」

磯部さんは、一瞬、目を宙に向けた。そして、ガックリと首を落とし、腕を伸ばして、私の手を握りしめた。

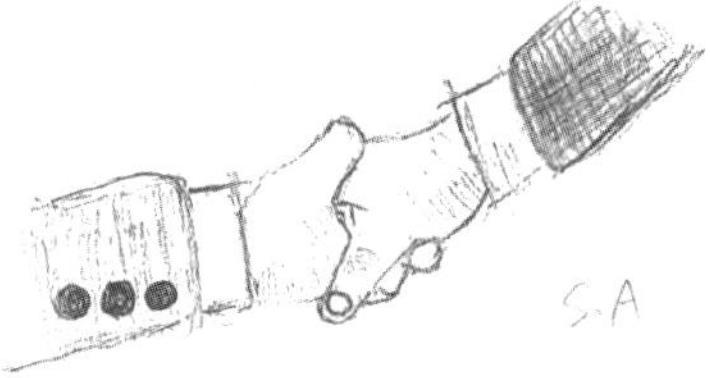

2の章　晩秋のいろどり

影を得て月を友とす秋桜

長野のわが家の小庭に冬の終わりを知らせるのが、霜柱を押しのけ、朝の陽を浴びて頭をのぞかせるスノードロップ（和名・待雪草）である。

今年の日本列島は暖冬だと報道されていたが、暖かい日と、極端に冷え込む日が入り交じり、布団の中で、ラジオから流れる「今朝の菅平高原の気温は、マイナス17℃」を耳にすると、年齢を重ねたせいか、余計に寒さが身に染みる。

四囲を山々に囲まれた自らの郷里を、新宿「中村屋」の創始者相馬愛蔵は、長野県出身の小林一茶の「下下も下下　下下の下国の　涼しさよ」の句から「下下の下国」と表現し、島崎藤村は『夜明け前』で、「木曾路はすべて山の中である」と書いた。

長野県人は自らの県名を、信州と称することを好み、北信、中信、東信、南信と区分けしている。平成の市町村合併で、１２０あった市町村が77市町村となり、古くからなじんできた「おらが村」は、大きな縄ばりの中に組み入れられてしまった。地勢としては本州中央部に位置し、東西約１２８㎞、南北２２０㎞、全国４番目の広さを占める。

新潟県、富山県、岐阜県、山梨県、群馬県、埼玉県、愛知県、静岡県の８県に隣接し、南アルプス、中央アルプス、北アルプスの高山に囲まれ、中央を流れる長大な千曲川が新潟県に入ると信濃川の呼称に変わり、日本海で尽きる。

人々の生活圏は盆地に集中し、四季の移ろいは実に明確。わが国の中でも、自然環境に恵まれた屈指の県のひとつである。


妻繁子の実家がある上田市は、合併特例債に導かれた平成の大合併により、旧上田市、旧丸子町、旧真田町、旧武石村の１市２町１村が合併し、長野県内では長野市、松本市に次ぐ規模の都市である。

県庁所在地の長野市から40㎞東京寄りに位置し、北側には、かつては上田城を防御する役目を果たしたシンボル的な山で、今は市民登山コースになっている太郎山（１１６４メートル）があり、南側には峻険な峰々がそびえていることもあり、別称「信州の妙義山」の独鈷山《とっこさん》（1266メートル）があり、その盆地の中央部を千曲川が二分している。

右岸の段丘地は戦国時代の武将真田氏の旧城下町である。

左側は鎌倉時代の執権北条一族の塩田氏の荘園地であり、安楽寺、北向観音堂などの旧刹が残り、信州の鎌倉と呼ばれているが、現在、大型商業店が進出し、新興市街地に変貌しつつある。


繁子との結婚許諾を得るため、妻の実家がある上田市の山裾に位置する室賀《むろが》を訪ねたとき、目にした晩秋の景色に息を呑んだ。

集落を取り囲む山々は、朱系、黄系、緑系が醸《かも》し出す色あいを競い合い、まるで、五仏・五智の五色幕《ごしきまく》に出迎えられているかのようであった。


義父母となるべき初婚の繁子の両親との出会いの場は、強い心構えを準備して向かっていたとはいえ、張りつめた空気に気圧《けお》されそうになっていた。

私は再婚の身で、その上、ハンセン病の後遺症を身に刻む回復者であることを事前に繁子から知らされていた母の眉間の皺は深かった。

しかし、父の揺るぎない次の言葉が、結婚の許諾証への押印だった。

「お母さん、私たちが手塩にかけて育てた娘が、人を見誤るはずはない」

私たちは1993年12月25日に入籍した。

あの日、目に焼き付いた幾重にも重なり合う、彩りのこの山々に囲まれた、妻の両親、家族が住む地で、自分の人生の終末を迎えたいという思いに、私はとらえられてしまった。終の棲家が義父母在の長野上田市に完成したのは、それから6年後の1999年である。

工務店とは設計へのこだわりについて何度も話し合った。それは、

①引き渡しまで一年の施工期間とする。屋敷内通路から室内はすべてバリアフリーであること。

③外壁のモルタル以外は木材を使用すること。

④南正面向きの家屋で採光を最大限に活かせること。

⑤冬に備えて1階は床暖房にすること。
⑥2階の天窓から北斗七星が見えるようにすること。

何と注文の多い建築主と思ったであろう。しかし、木の香り、木材が乾燥になじんでいくパチ、パチとはじける音は、まさに交響曲。満足度の高いわが家に、繁子の退職日に合わせて2000年に移り住んだ。

2000年代に入ると、化石燃料が原因の気候変動が引き起こす地球の未来が、危機的であることが明らかにされた。その対応策として、わが国は原子力発電を主要電源にすると発表した。そのことから自分の責任で果たせることは何かと考え、せめて、わが家の消費電力の3分の1でも太陽光発電を設置することで賄うことを考えた。

ところが、正南向きの家屋の屋根は、太陽光の採光にとっては極めて効率が悪いことが判明した。費用対効果で少しばかり問題はあっても、自分たちがやれることから踏みだしてみようと考えた。巨大な気候変動と闘うには、余りに微力であるが、腕組みしているだけでは立ち向かえそうにない。

R.F

3の章　決断

掛香や心残りの文を打つ

１９９５年、私は全国授産施設協議会の研修副委員長の任にあり、授産施設改革のためのＣＩ戦略に取り組んでいた。

その一環として、１月17日・18日、静岡県浜松市の社会福祉法人天竜厚生会を会場に、全国の授産施設職員を対象とする研修会を予定していたため、17日は、早起きをして身支度をしていた。

身支度を手伝う繁子が、ラジオの声につられて、あわててテレビのスイッチを入れた。

「あー、見て、見て!!　……」

テレビ画面は目を覆いたくなるような光景を映し出していた。

火の手がいたるところで立ち昇り、家屋やビルが崩壊している。

状況を伝えるアナウンサーが上ずった声で――5時46分、神戸を中心に近畿圏で大地震が発生し、大災害が起きています――と、伝えていた。

しかし、私の頭の中には、大地震の被災者への思いより、招集した研修会がどうなるのかとの不安がよぎった。


とにかく開催地の浜松市天竜まで――と、東京駅へ急いだ。

東京駅では改札口は人の波、波、波である。情報が錯綜していて喧騒が渦巻いていた。やっと、得た情報では、――名古屋以西の新幹線はすべて運転中止――

東海道新幹線こだま号は、名古屋往復で動くとの情報で、急いで飛び乗った。

車内アナウンスはしきりに、関西方面への交通アクセスが絶たれていると知らせていた。

浜松駅で下車し、新浜松駅から遠州鉄道で西鹿島駅にたどり着いた。出迎えてくれた研修委員が、不安そうな顔を並べていた。

車中、「関西以西の参加予定者からは、交通の便がないとのこと。中部、関東、東北、北海道の研修会参加予定者から、大会開催について問い合わせの電話が鳴り続けています」

緊急の研修委員会会議が開催され、研修会の中止が決定された。

「阪神・淡路大震災」と命名された大災害は、死者6434人、負傷者はその数不明、神戸は壊滅状態であることが知らされる。

障がい者施設の被害も甚大で、全国からの支援体制が組まれた。

3月20日、早朝8時から法人理事会の開催が予定されていた。

慌てて駆け込んできた葛飾福祉工場所長が、大声で叫びながら会議室に入って来た。

「地下鉄で大事件が起きている」

会議室のテレビのスイッチが入った。

画面には、重装備をした救急隊員が担架で人を運び出す様子や赤色灯を点滅させた救急車の車列が映し出されていた。

この様子は、その前年の6月27日の深夜、長野県松本市で7人（発生当時）の死者と約600人の負傷者を出した事件を思い起こさせた。

緊迫した現場からの実況放送は、「地下鉄丸ノ内線、日比谷線、千代田線の通勤時間帯に、有毒ガスが撒かれ、多数の死傷者が出ている模様」と伝えていた。

後日、有毒ガスは神経ガスサリンで、オウム真理教によるテロ事件と判明し、死者14人、負傷者約6300人と報道された。

テレビ中継は、カナリアが入った鳥かごを手にした機動隊員の隊列が山梨県上九一色村の教団施設に向かっていた。いろいろ断片的な報道はなされていたが、いよいよ、機動隊員が動員された捜査が教団施設に入り、地下鉄サリン事件後、58日目に教祖をはじめ幹部が逮捕された。

この年は、大震災、テロ事件と、日本国の屋台骨が揺さぶられるような、重苦しい空気が漂っていた。

1996年、私の後半生の第2幕がはじまった。

異様な事件が続き騒然とした社会状況も落ち着きはじめ、日本経済は回復傾向を見せていた。

その時、私は社会福祉法人東京コロニーと社団法人ゼンコロの常務理事を務めていたが、法人内では印刷事業部門の責任を担っていた。

市場環境は、パソコン、コピー機の急激な社会進出により、印刷事業の業績悪化は歯止めがかからず、打開策も見つからないままだった。

おまけに私の体調は、ハンセン病の後遺症による左足足底部の潰瘍が悪化しており、心身共に追い詰められていた。

「経営責任――出処進退！」。思案は千々に乱れていた。


丁度、その時。

世界の公衆衛生法規の趨勢から遅れること40余年。

ハンセン病患者を「強制隔離」し、ハンセン病患者とその家族を89年間も苦しめ続け、悪法の極みと評されていた「らい予防法」が、やっと廃止された。

その兆候は、すでに前年からはじまっていた。

法律の制定に医学的根拠を与え、「らい予防法」の存続を容認してきた「日本らい学会」が、自己批判と反省を表明していたからである。

「らい予防法」廃止の趣旨説明を、当時の菅直人厚生大臣は、国会の厚生委員会で、次のように述べたのである。

「見直しがおくれたこと、また、旧来の疾病像を反映したらい予防法が現に存在し続けたことが、結果としてハンセン病患者、その家族の方々の尊厳を傷つけ、多くの苦しみを与えてきたこと、さらに、かつて感染防止の観点から優生手術を受けた患者の方々が多大なる身体的、精神的苦痛を受けたことは、まことに遺憾とするところであり、行政としても陳謝の念と深い反省の意を表する次第であります」

この発言を耳にして、私は「えっ！」と、わが耳を疑った。

法律廃止の理由を、「らい予防法」の存続は、間違いであったとは語らず、遺憾と反省を表明しただけであった。

この悪法によって、私たちの人生は狂い、迷い道を歩かされていたというのに……。

国民が「無関心」になれば、どんな悪法でも効力を持ちつづけ、そして、「偏見」と「差別」が横行し、それが社会共通の認識となってしまう。

その法律が、医学的根拠を失い、世界の潮流から取り残されても、病人たちへの「烙印」は消されず、特別な場所に隔離されつづけ、人間としての尊厳と人生を奪われ、家族とふるさとを失い、「死」しても故郷の墳墓に還されることはなかった。

危惧していたことが起こった。

マスコミも世間も、「ハンセン病問題」の重大性に気づかず、さほどの事とは捉えていなかった。

このままでは、「ハンセン病問題」が内包している問題点は、知られることもなく、学ぶこともしないまま、時の経過の中で埋もれてしまう。

私が為すべきことがある。この問題が提起する重大性を、分かりやすく、国民に伝えるために、何かできるはずだ!!……。

私は、社会福祉法人東京コロニーと社団法人ゼンコロの常務理事の辞任届を書いた。

4の章　一字一行

月映し音も喰らいて水凍る

私たちの結婚後の新居は、東久留米市の20階建て高層マンションの18階、部屋は３ＬＤＫの間取りで、ワンフロア３所帯、１階フロアには24時間、２人の管理人が住民以外の入室をチェックし、客の入室は、それぞれの部屋から入居者用のドア開錠が必要だった。セキュリティーは完璧だが、自分自身も監視されているような閉塞感を覚えた。

退職後しばらくは、自分の書斎で、ただ、ぼんやりと、チェーンスモークの煙を吐き出す日々がつづいた。

朝はパソコンの電源を入れ、全国授産施設の意識改革で関係が生まれた「ＣＩ＆ブランド戦略コンサルタント・ＰＡＯＳ」代表の中西元男氏から送られてくる新宿ビル街の定点写真を見ることからはじまる。

明け放たれた部屋から北東側に目を向けると、筑波山がかすんで見え、南東には、新宿ビル群が、何の遮る建物もなく見晴らせた。

晴れた日の9月の早朝、東の空を何気なしに見つめていると、衝撃的なことが目に入った。朝の7時頃からそれは始まった。新宿ビル群より高い天空に、左手は埼玉側から、右手は神奈川側から赤茶色の空気の帯が伸びてくる。その帯は、大体8時30分頃、東京都心で合体する。いわゆる、これが排気ガスの帯である。

この発見は地上から離れた部屋で、所在無げに、時間をやり過ごしている者にしか目にできない、首都Ｔｏｋｙｏの危機的な汚染ファイルである。


いつものように繁子の「行ってくるね」の出勤の声を聞くと、先日、手にして気に入っているミッシャ・マイスキーのＣＤをかけた。チェロの旋律にたばこの煙がからむ。

ふと、ベランダに目をやると、繁子が植木鉢に何種類かの花を育てていたが、その一つのなでしこの花にモンシロチョウが羽を休めているではないか。

胸の鼓動が、早鐘のように鳴った。

こんな高い所の小さな花弁を、探し当てるとは……。

その時、頭をよぎったのが16年前、私の元から去った、息子と娘の顔だった。

こんなぐうたらな生活を続けていていいのか!!


パソコンの電源を入れた。

せめて、別れた2人の子どもたちにお前たちの父親は、どのような人生を歩き、何を考えてきたかを書き残そうと、思いついた。

自分を正当化せず、分かりやすい言葉で、文章を書き綴ろうと心に決めた。

2カ月後の10月のはじめ、一気呵成のパソコン入力は終わった。

プリントアウトすると、Ａ４判１６０枚になっていた。やり遂げた感に浸りながら、その時、頭をよぎったのが、１９９６年3月に、ろうあの順二君の兄、磯部さんから届いた、U出版社学芸図書部長就任挨拶の葉書に添えられた手書きの一文だった。

慌ててファイルから抜き出すと、

「私がお役に立つことがありましたら、いつでもご連絡を」の添え書きだった。

学芸図書に関わっている彼なら、この160枚に込めた私の想いを読み込み、あるいは、彼の目にかなえば、出版へと結びつくかもと、淡い期待が思い浮かんだ。

12時少し前を待って、受話機を上げた。

「えっ、伊波さん。お久しぶりです。お元気でしたか。弟から貴方が急に退職したと聞かされていたので、心配していましたが、どうしたのです。何があったのですか？」

「いやー、ご心配をお掛けして申し訳ありません。たいそうな理由はありません。辞職後、思いつくままパソコンに向かい、このほど、25万字ほどの文章をまとめ上げました。あなたの専門的な視点で、この書き物を見ていただきたいと、お電話をいたしました」

「ほうー、25万字ですか。それは大作ですねー。では、新たな作家の誕生ですか」

「いや、そんなことでは……」

「では、どうですか、明後日3時、当社にお越しいただくことはできますか？　神田駅南口からタクシーで、すぐですから、お待ちしています」

U出版社はレンガ造りの4階建てのビルディングで、古い歴史を重ねていただけに、風格を感じる周りの景色を圧していた。

受付で来訪を告げると、すぐに取り次いでくれた。

「学芸図書部は4階ですので、その右側のエレベーターでどうぞ」

4階に着き、エレベーターの扉が開くと、そこに満面の笑顔の磯部さんが待ち受けていた。

「お元気そうですね。安心しました。どうぞ、どうぞ」と、背を押されるように応接室に案内された。

席に着くなり、

「そうだ、5年前に出版された『障害者雇用と社会進出』に関する本でしたねー、大手企業の障害者雇用率をめぐる不正操作、あの本の出版を担当した田中君から、伊波さんから協力を頂いたと報告があり、〝奇遇だなー。伊波さんとは、酒を酌み交わす仲だ〟と言うと、彼、驚いていましたよ。彼は今、主として社会問題をテーマの出版を担当していますよ。近いうちに、彼も一緒に飲みましょう」

女性社員が軽い会釈をしてコーヒーとケーキを私の前に並べた。

「山本さん、しばらく後でいいから、志村次長に応接室まで来るように伝えてください」

「ところで、新人作家の大作を、お預かりしましょうか」

私は、頭を掻きながら、ビニール袋に包まれた、封筒入りの出力紙を磯部さんに手渡した。

会話は、しばらく近況を伝えあった。

「失礼します」の声があり、挨拶をしながら応接室に長躯の社員が現れた。差し出した名刺には、学芸図書出版部次長の役職名が記されていた。

磯部さんは、テーブルに乗っていた原稿入りのビニール袋を、彼に手渡しながら、驚くような言葉を口にした。

「次長、この原稿を2月の出版企画に入れるように検討しておいてよ」

一瞬、わが耳を疑った。

磯部部長は私の原稿を一字一行も目にしないで、部下に出版企画を指示したのである。

ここ1カ月、別れた実子の2人へ、少しばかりの自己弁護と定番の謝罪、そして、父は、今、新しい道を見つけようと、もがきながら160枚に渾身の気持ちを込め、打ち込んだ原稿を。

志村次長は、さも事務書類を受け取る仕草で会釈をして、まるで、コンビニ帰りのように、私の原稿入りビニール袋をブラ下げて応接室を後にした。

全く予期できない事態に、私は唖然となった。

〝何と失礼な！……〟

これは、〝善意の侮辱〟に等しいと、胸中に怒りが渦巻いた。

それでも、礼を失しないよう懸命に冷静さを保ち、1時間ほどの四方山話で、時間が過ぎるのを待った。

「あっ！　磯部さん、今、原稿の重要な部分に、添付資料がヌケ落ちているのを思い出した。先程預けた原稿だけど、申し訳ないけど、書き加えたいので、一日返してもらえないか。補足修正して、出直してきますから」

彼も流石に、出版業界の荒波をくぐってきただけに、私の感情に触れる何かの不都合があったらしいと気づき、

「伊波さん、私、何か礼を失することを？」

「いや、いや、年齢ですかねー、今頃、大切な箇所の書き残しに気づくなんて、ダメですねー」

私は、手を大げさに振り、表情には精一杯の笑顔を作り、その場をつくろった。

けげんな表情を浮かべた志村次長が、私の原稿が入ったビニール袋を手に、応接室に戻ってきた。

そして、U出版社訪問は、淡い期待も無残に夢と散った。２人の見送りの挨拶を、エレベーター前で受け、ビルの谷間から射す残照を背に受けながら神田駅に向かった。

5の章　梯子酒

書き込みの縁は温し古暦

山の手線に乗り込み、座席に深く座り込んだ。両太ももの上に抱えている原稿入りのビニール袋を見つめていた。しかし、どうしても気持ちの中の正体不明のモヤモヤを抑えることができない。

やりきれなさと虚脱感が重なった耳に、「次は渋谷ー、しぶやー」の車内放送が入り、誘われるように下車した。

しばらくホームの長椅子に背を預け、焦点の定まらない目で人の流れを見つめていたが、ふと、ひとりの人物が頭に浮かんだ。

そうだ、冨沢満さんを誘いだそう。

彼は当時、ＮＨＫエンタープライズ社の役職に就いていた。

冨沢さんは１９７２年、私たち若夫婦を取り上げたドキュメンタリー番組「人間列島・

ある結婚」を制作したプロデューサーである。その番組の放映をめぐり、一度は放映中止となったが、その後の放映運動にも制作者として立ち向かい、「ある結婚」は、ＮＨＫのゴールデン番組「人間列島」の最終回放映作品となった。

彼と私は同じ年。その後も彼との連絡は途絶えることなくつづいていた。

駅口の公衆電話から連絡を取った。

「今、渋谷駅にいる。会う時間を作れるかなー」

「おー、俺はいつもヒマ。今からすぐにそっちへ向かう。若者のようにハチ公前で待ち合わせよう」

ひょうひょうと、前髪を掻き上げながらのいつもの様子で現れた。

「明日は法事があるから休むと伝えて来たから、明日を思いわずらうことなく、とことん飲もう。いざ、いつものガード下の〝野の花〟へ」

暖簾《のれん》を上げると、大将の威勢のいい声で迎えられた。

「冨さん、らっしゃい！」

すでにカウンターには先客がいたが、顔見知りらしく、手を上げた。

冨沢さんは、〝まず、ビール〟などとは一切口にしない。酒にはじまり酒で終わる。それでいて銘柄には、こだわらない。

焼き鳥を肴に、話が弾む。彼の酒の飲み方は、ワインの飲み方に似ている。まず香りをかぎ、舌に転がし、ゆっくりと喉元にいざなうように飲む。だから、コップ酒ではなく、お銚子とお猪口《ちょこ》で酒を飲む。

いつだったか……。

あの気難しい老作家の井伏鱒二さんの密着取材を許されたあの名作ドキュメント「井伏鱒二の世界～荻窪風土記から～」は、その酒の嗜《たしな》み方が認められて誕生したのだろう、と言うと、苦笑しながら、「そうかもなー」と、言葉が返ってきた。

酒を酌み交わしながらも、彼は私のことを気遣って、私が退職したことには一切触れず、東久留米のわが家で、娘さんと一緒に戯れたヤドカリの消息を尋ねた。

「巣箱から逃げ出して行方不明だ」

「奴さん、この雑踏の東京がいやになったのだろう。東京湾までは遠いのになー」

彼の酒の飲み方には、もうひとつ特徴がある。決して、座った店に長居をしない。長くて30分。「また」と手を上げ、勘定を済ませ、次の店に向かう。

奥さんの話では、飲み回る店の名前は、すべて知らされており、月末には、奥さんが全店を訪ね、勘定の不義理がないか、確認しているという。

「良くできた嫁さんだろう？」

「よく言えるなー。酔いつぶれて迎えに行かせられる上に、勘定未払いつぶしの店回りかー」


「次の店」と、誘われた新宿の街は、満艦飾のネオンが輝いていた。

――あー、ここが新宿ゴールデン街か――。私が初めて足を踏み入れる街だ。

道幅４ｍほどの両脇にＢａｒやスナック、小料理店が肩を寄せ合うように立ち並び、それぞれの店のほのかな灯りは、まるで誘蛾灯である。

「双葉」と言う名のＢａｒに入った。

先客があり、「冨さん、冨さん、こっち、こっち」と、声がかかり、カウンターの２人分の席が空けられた。

国井雅比古アナウンサーだった。彼とは、冨沢さんのNHK送別会の2次会で隣席になり、すでに顔見知りの仲であった。

その時、国井さんのナレーションで放映されていた「日曜美術館」を視聴していたこともあり、「あのクールの『日曜美術館』は、作品と作者、そして時代背景と、ストーリーも盛り込まれていて良かった」と、話がはずんだ。

国井さんと話がつづいていたが、ポンと肩をたたかれ、年を重ねたマダムに挨拶をして、そのBarを後にした。

タクシーに乗り込むと、「新大久保2丁目」と、冨沢さんは行き先を告げた。

入った店も常連らしく、店の女の子が彼に抱きつき、腕を取って、店内に案内した。

店内は広く、ソファーで仕切られた席では、すでに嬌声と笑い声が満ちていた。

突然、奥の席から、大きな声がした。

「冨沢部長、部長、こっち、こっち」

呼びこまれた席の、8人の先客と店のホステスたちが立ち上がり、手招きをしている。

「おー、君たちか」彼らはＮＨＫ時代の元部下たちだと、耳元で知らされた。

手馴れたように、冨沢さんの前には、お銚子とお猪口が出された。

若いホステスは、私におしぼりを渡しながら、鼻にかかった声で、「お酒ですか？　ウイスキーですか？」と聞いてきたので、「ウイスキー、ロック！」と答えた。


話は盛り上がり、彼らは、１９９２年に放映されたＮＨＫスペシャル「大草原の祭り〜モンゴルをゆく〜」の制作スタッフの一員であったことが分かった。

モンゴル帝国は騎馬の軍事力で中国・中央アジア・イラン・東ヨーロッパを征服し、最盛期は地球の陸地面積の約25％に勢力圏が及んでいたことを知り、４回のシリーズ全編に見入ったと伝えた。

「あれだけの映像を撮るのに、交渉も、取材も大変だったでしょう」

「ええ、制作スタッフ50人、機材10トンを持ち込みました。あの時だから制作できたのでしょう。今のＮＨＫでは、もう、無理！」

話の合間に手際良く酒を注ぎ、合いの手を打ち、話の盛り上げ役をしているのは、若い娘と思い込んでいたが、実は生物学的には全員、男性と知らされたのには、驚かされた。はじめてのゲイバー体験だった。


その後、どこをどう飲み歩いたか、私の記憶は飛んでしまった。

気がつくと、大宮駅前のベンチで、冨沢さんともたれ合って、朝陽を浴びていた。

「冨さん、冨さん」と、声を掛けると、彼は大きなあくびをしながら両手を伸ばし、目をこすった。

「おー、おはよう。よく飲んだなー。迎え酒といきたいところだが、コンビニで腹の足しになるものを手に入れようか」

「本当に、今日、会社休んでもいいのか？」

「俺がいなくても、わが優良なる会社は、優秀な社員に支えられ、びくともしない」と、大声で笑った。

「ところで、昨日からズーッと気になっていたんだか、どこの店を出る時も、どんなに足がふらついても、そのビニール袋を忘れずに持ち歩いているが、それ、一体、何が入っているんだ」

「うん、これ？　パソコンで160枚ほどの文章を打ってみた。その出力紙だ」

「ほー、それ、原稿なのか？　それ、僕に、1カ月ほど、貸してくれないか」

ビニール袋に入った角封筒が、冨沢満さんに手渡された。

6の章　生かされて

春雷や生きつ転びつ途半ば

１９９６年11月に入ると、窓の外は北風が吹き抜けていた。電話が鳴り、受話器をとると、冨沢満さんだった。

「7日の木曜日、午後2時、渋谷区宇田川町の第一共同ビルの日本放送出版協会まで行けるか。貸してもらった原稿を、ＮＨＫ時代の元上司の萩野靖乃《はぎのやすのぶ》氏に目を通してもらったら、一度、会いたいそうだ。萩野さんは、今、図書出版部総合図書部門部長の役職にある。場所？　渋谷駅からＮＨＫに向かって行くと、宇田川町の交番前を過ぎて、東急ハンズがある。その向かいだ」

日本放送出版協会は、一般的にはＮＨＫ出版と称され、編集出版局員１８０人、ＮＨＫブックスや放送関連書籍を扱う。図書出版部は32人の出版社である。

宇田川町のＮＨＫ出版には、迷うことなくたどり着けた。

1階のショーウインドーには、新刊の書籍が飾られている。

後日、関係者からの聞き取りで明らかになったのは、私とＮＨＫ出版関係者との面談まで、いろいろ紆余曲折あったそうである。

冨沢満さんが、ＮＨＫ時代の元上司萩野氏に「出版の可能性はあるのか」と、私の原稿を持ち込んだ。

萩野部長はＮ編集長に検討を命じ、その原稿の下読みを、同部先輩の社会福祉・教育図書経験者の入部皓次郎さん（編集プロダクション・ポラーノ社代表）にお願いしたところ、この過程で出版化の検討は、一度、ペンディングとなった。

しかし、ここから、私の原稿は、強運の星の下で、道が拓かれるのである。

萩野部長から「わるいけど、これ検討してもらえる？」と、分厚い原稿が、学芸図書出版部長道川文夫氏の手に渡った。

ＮＨＫ出版窓口で受付を済ませ、地下2階のコーヒーショップ「リポサール」に案内された。

道川部長から挨拶を受けながら名刺をいただいた。一通りの挨拶を交わすと部長が口を開いた。

「少しの意見交換で、良い本になると思いますよ」

「この原稿が本になるのですか?」

「ええ」

武者然とした道川さんの表情がほころんだ。

「出版まで、忙しくなりますが、お互いがんばりましょう」

私の原稿が本になる!! ……。まるで夢を見ているようだった。

私の最初の本は、道川部長の指揮の下、田中美穂チーフ・エディターとアシスタントとしてエス・エス・コミュニケーションズ(現・角川・エス・エス・コミュニケーションズ)雑誌『レタスクラブ』出身の竹内恵子さんが担当することになった。また、原稿の下読みは、ポラーノ社の入部さんが行い、万全の体制で臨んだという。

出版されるまでには、班会、部会、編集局提案会議、そして、社長が主催する全部長参加の提案会議で採択されてやっとこぎつけるという。

当初の企画提案書では、書名は『ダミアンの沈黙　ハンセン病を生きて』であったが、道川部長が最終提案書で『花に逢はん　ハンセン病を生きて』とし、無事認定となったという。

道川部長の指揮で、田中チーフと竹内さんはフル回転し、読み込みと修正、細部にわたるチェック、タイトル・装丁・帯、そして、装画は安野光雅先生に決まり、入稿となり、1997年6月20日、書籍名『花に逢はん』は、発刊の運びとなった。

幸運なことに、同年12月9日、「沖縄タイムス」紙上で『花に逢はん』と山入端《やまのは》つるさんの『三味線放浪記』が、第18回沖縄タイムス出版文化賞に決まったと発表され、私の「受賞のことば」も紙面で紹介されていた。同書は11刷の版を重ねることができた。

同書は「琉球新報」紙の7月8日のコラム「金口木舌」でも紹介され、7月27日同紙に、芥川賞作家の目取真俊《めどるましゅん》さんが書評を書いてくださった。また、同日の「朝日新聞」書評欄で歌人の道浦母都子さんが、この本を取り上げてくださった。

縁とは不可思議なものだ……。道浦さんは信濃毎日新聞の短歌欄の選者で、私の友人、丸田勉・真里子ご夫妻が経営する「農家民宿　ふるさとハウスビオトープ」を常宿にしていた。２０１９年のある日、書架の『花に逢はん』に目を止めて、

「あっ、この本！　私、書評を書いた!!」

「えっ！　そう。この本の著者は友人で、来月、カミさんと一緒に訪ねることになっている」

「いつ！　いつ？　私も同行させてー」

そして、道浦母都子さんと、22年の歳月を経て、はじめてわが家でお会いした。

この本には、いくつもの後日談が生まれた。

出版記念パーティーが、財団法人日本放送協会共済会の青山荘で行われた時のことだ。そのハプニングは、パーティーの主賓挨拶で起きた。

壇上でマイクの前に立ったＮＨＫ出版の道川部長は、

「ーえー、えー……」と、一声を発した後、声につまり両手で顔を覆った。慌てて田中チーフが駆け寄り、抱えられるように降壇した。

後日、祝宴の席で醜態を見せたと、詫びられた。

『花に逢はん』発刊に至るまでのいきさつを話そうとしたとき、迫るものが胸にこみ上げてきて、声が続かなくなってしまったのだという。

私が学んだ中央労働学院の畑田重夫主任教授が、スピーチを引き継いだ。

「私の教え子で、印象深い学生が２人おります。１人が、目の前の伊波敏男君で、もう１人が沖縄のガンジーと称されている阿波根昌鴻《あはごんしょうこう》さんです。伊波君は、いつも真っ先に教室に入り、真ん中の一番前の席で講義を受けていました。阿波根昌鴻さんは、ノートに私の咳払いまで筆記したとの伝説的エピソードが残っているぐらいです」

この、「真っ先の教室入り」と、「一番前の真ん中の席で講義を受けた」という私の学業熱心さは、畑田教授の完全な思い違いであった。

当時、私はまだ自らの病歴と、整形手術を受けて変形した両手を、人の目にさらす勇気はできていなかった。講義ノートをとるためには、この手で筆記しなければならない。一番前の真ん中の席なら、私の手に注がれる目は教授１人で済む。これは、他人の視線から逃避しようとする、私の知恵がそうさせただけである。

畑田教授が触れたもう1人の沖縄における伝説的平和運動のリーダー阿波根昌鴻氏（1901～2002年）は、1998年には視力を完全に失い、私の著書『花に逢はん』を、自らの娘にも等しい、車椅子に乗る謝花悦子《じゃはなえつこ》さんの全編朗読で読み済ませていた。私と会いたいとの要望は、謝花さんからの手紙で知らされていた。

出会いは、伊江島の「わびあいの里」で実現するが、阿波根氏は、私の両手を包み込んだまま離すことなく話し続けた。その様子はNHK沖縄のニュースで報道された。

氏は米軍による伊江島の土地強制収用に非暴力で立ち向かって、1956年、土地と住む家を奪われた人たちを率い「乞食行進」を沖縄全島で行って実情を訴えた。13歳の私は、愛楽園に入所する1年前、石川市（現うるま市）のマーケット前でその光景を目撃していた。そのときのリーダーは、「島ぐるみ土地闘争」の象徴的平和活動家となった。

「剣をとる者は剣にて滅ぶ」

非暴力で闘う、阿波根氏の名言は、今、まさに世界の紛争地に掲げられるべきである。

阿波根氏は京都市山科区に本部がある「一燈園」でも学んだ。この団体は、社会に向き合えば人はおのずと生かされる、を信条としていた。氏は私に、一燈園での学びを、当時、人が寄りつかないハンセン病療養所沖縄愛楽園に出向くことで実践したと話した。

私が2013年に出版した『島惑ひ』は、6月23日の「沖縄タイムス」で紹介されたほか、第3回銀河系俳句大賞や第41回新俳句人連盟賞評論賞などの受賞歴がある俳人で文芸評論家の平敷武蕉《へしきぶしょう》さんが著書、『修羅と豊饒 ―沖縄文学の深層を照らす―』（コールサック社、2021年第41回沖縄タイムス出版文化賞受賞）の中で詳しく触れられている。

S.A

7の章　虎落笛《もがりぶえ》

合掌の仏慮に沿いて寒椿

処女作『花に逢はん』の若い編集担当者竹内恵子さんは、私の原稿で不明な点、特に、沖縄が舞台となる箇所には、沖縄のロードマップを広げ、「この場所はここですか？」など位置関係を頭の中で整理するかのように質問を投げかけた。ときには、「この表記箇所のおきなわ方言のイントネーションを確かめたいので、口にしてみてください」と……。

ハンセン病についての学びも熱心で、医学関係図書まで購入して、書き込みをしながら、次々と質問を向けてきた。

特に、首をかしげながら、何度も何度も、問いただしたのは、――医学的にも明らかだし、国際的にはすでに医療政策は変更されているのに、どうしてこの国は、隔離政策に固執してきたのか――との質問だった。

原稿への意見交換で、彼女らしい意見を出された箇所があった。

「伊波さんのご本は、きっと、いろいろな方が目にすると思います。全編にわたって、健康的で、美しい文章ですが、ここです、どうしても、この箇所の表現は、必要でしょうか?」

顔を赤らめ、その箇所を指でなぞった。

そこは、――繋がったルート――の章の一部であった。

〝私の目が白い指に止まる。……突然、自分の男性器が勃起し始める。恥じ入ったが情けないことに、はじめて異性を意識する自分を見てしまった。〟

異性とは「手袋もせず、ゴム長靴も履かずマスクもしていない」女性の医師のことである。素手で脈をとられた時の描写だった。

私が脱走したハンセン病療養所沖縄愛楽園では、私たちと触れる職員は、すべて予防衣とマスクを着用し、患者地帯に入るときは黒い長靴を履くのがマニュアル化されていた。医師、看護師は、医療用のゴム手袋を装着して私たちへの医療活動にあたっており、その素肌を見たことがなかった。

それが星塚敬愛園では「生きた人間の顔をした」医師や看護師がいた。少年の手が初めて、異性の素手で握られた……。

予期しない竹内恵子さんからの質問に、返事の言葉が見つからなかった。「……部長の道川さんに尋ねてみて」と、私は竹内さんへの回答から逃げた。

即日、返事が届いた。

「ここは、とても大切な表現で、これ以上の表現はないのだと言われた。と……」

後日譚であるが、１９９８年、『花に逢はん』の出版記念パーティーが開催された那覇市のパシフィックホテル沖縄に、沖縄愛楽園の職員も数人参加しており、お祝いの言葉を掛けられた。「進さん（私の療養所仮名）、おめでとう。私のこと覚えている？」と問われても、私はあいまいな表情で答えるしかなかった。

なぜなら、その時の職員は、私の視野には目元しか見えなかったのである。

書名の『花に逢はん』の表記について、よく「逢はん」を「逢わん」と間違われる。

編集者から聞き及んだところによると、紆余曲折を経てこの命名にたどりついたという。

編集中の私の原稿「波頭」の節は、檀一雄について書いていた。

離婚後間もない私が、まだ、その精神的な痛手を乗り越えきれずにいた頃に出逢い、琴線に触れた本が、檀一雄著の『リツ子　その愛』『リツ子　その死』であった。

檀一雄が妻の遺骨を腰にぶら下げ、長男を肩車し、納骨に向かった足跡を、自分の足で重ねてみたいとの発心が起こり、福岡県柳川の檀一雄の墓参と能古島《のこのしま》までの旅路を「波頭」の章で書いていた。

その後、『火宅の人』を読み、無頼作家に襲い掛かるわびしさを知った。

檀一雄は、九州大学医学部付属病院で肺がんの治療を受けていたが、病状は最終局面を迎えていた。

『火宅の人』の最終章は、口述筆記で完となったと、後に知った。

壇一雄が最後の力を振り絞って残したのが、次の辞世の句であったという。

モガリ笛 いく夜もがらせ 花二逢はん

それから10数年後、私は自分の運転で、能登半島まで車を走らせた。「虎落笛《もがりぶえ》」と称される烈風を、実体験したいと思ったからである。なぜ、虎落笛に、これほどのこだわりを、私が感じたかというと、私たちハンセン病罹患者への「烙印」という、社会からの烈風と、ふるさとの沖縄の状況に重ねていたからである。しかし、虎落笛は春には、やがて止む……。

石川県能登半島の珠洲《すず》を抜け、県道28号線を走り、堂ケ崎で車を降り立った。日本海から吹きつける烈風に、顔面がはぎ取られるような気がした。このような風の中で、能登の人たちは厳冬をやり過ごしているのか……。

耐えられる限界まで「日本海から吹きつける風」を受けていたが、すぐに退散の白旗を掲げ、車中に逃げ込んだ。

ノートの「モガリ笛」のメモを書き込んだページを開いた。

「能登半島や日本海に面する北陸や東北・北海道には、冬、烈風が吹きつける。その風よけに板塀や竹垣が組まれている。しかし、その隙間を烈風が吹き抜ける。まるで人のはらわたから聞こえてくる悲鳴にも似ている。しかし、これは、次の季節、花が咲き競う暖かい春に出逢うためなのだ」

処女作『花に逢はん』は、優秀な編集局長や出版部長、編集者やスタッフに恵まれ、多くの読者の手に渡った。

沖縄では、名護市の愛読者が企画する「花に逢はんツアー」まで出現した。

Oki
uawa
S.A

8の章　月桃の花によせて

叢茂り一人静の色は好し

処女作『花に逢はん』は、多く読者から読まれるようになった。その反面、私は、ある不安に襲われていた。

私は次の作品を書ける力があるのだろうか？　そして、溶岩のように私に向かってくるものに向き合えるだろうか……。

——同じ病気をして、社会復帰をした人たち——からの直接・間接の非難と励ましにどう対応したらよいのだろうか……。

「あなたは特別よ。私たちは息を潜めるように生きている。私たちの苦しみや悲しみは、あなたには分からないでしょう……」「私たちの苦悩や悲哀も書いてよ！」

ＮＨＫ出版の道川部長から、次作執筆の励ましを受けていた。

心の中の不安を、おくびにも出さず、言った。

「次の作品もハンセン病問題を書かせてください。ですから、『花に逢はん』の姉妹作品になると思いますが…。『花に逢はん』は、自分自身の人生を書きましたが、復帰者の群像、彼等の沈黙の苦悩を取材して書いてみたいと思います」

「いいですねー。では、このテーマを掘り下げてください。できましたら、秋口には次作を刊行したいと思っていますから、のんびりできませんよ。次作も、田中美穂チーフ・エディターと竹内恵子と私のチームで担当します。2人をここに呼びます」

田中チーフに伴われた竹内恵子さんが、上気した顔でノートを片手に隣席に座った。

「伊波先生、嬉しいです。また、先生のお手伝いができるなんて」


1週間後、出版部長から電話をもらった。

「どうですが、筆は進んでいますか」

「ええ、いい進み具合です」

「伊波さん、来週のご都合はどうでしょうか。竹内と一緒に、沖縄に飛んでもらいたいのですか」

「えっ、どうして、また、沖縄？」

「今度の作品の構想をお聞きしますと、伊波さんの精神構造を作り、育んだのも沖縄。特にハンセン病療養所沖縄愛楽園の景色と風を、編集者としてしっかり、竹内には共有してきてもらいたいと思います」


竹内さんが同行する今回の沖縄渡航は、２泊３日。初日はあわただしく那覇空港からひめゆりの塔に立ち寄り、名護での宿を取ることにした。

翌日、路線バスで愛楽園がある屋我地《やがじ》島へ向かい、饒平名《よへな》のガソリンスタンド前で降りた。

これは、14歳のあの時、汗が張りついた父の背をみつめながら、愛楽園へ向かった追体験をしたかったからである。

「ここから、父と愛楽園まで歩いて向かいました」

そう、言ったところで立ち止まった。

「あれっ……。違う」

私のあの時の風景とは、まるで違う。

饒平名からハンセン病療養所沖縄愛楽園へ向かった道は、１台の車が通れるほどで、曲がりくねっていたはずなのに、直線の広い舗装道路に姿を変えていた。ただ、周囲のさとうきび畑はそのままだった。

１９７５年7月17日のひめゆりの塔事件の翌日、皇太子ご夫妻（現上皇ご夫妻）がハンセン病療養所沖縄愛楽園を訪問されたため、環境整備の一環で、道路も拡張され、直進化されていたのである。

あの重苦しい、押しつぶされそうな道が、すっかり様相が変わっていた……。


「伊波先生、歩き疲れたでしょう。ちょっと、そのあぜ道で休みましょう」

腰を下ろした私に、取っ手がついたコップが手渡され、冷たいお茶が注がれた。のどを通り抜ける冷茶は、暑さを和らげてくれる。

突然、竹内さんが、澄み切ったアルトで歌いはじめた。

♬〜　ざわわ　ざわわ　ざわわ　広いさとうきび畑は
ざわわ　ざわわ　ざわわ　風が通りぬけるだけ
今日もみわたすかぎりに
緑の波がうねる　夏の陽ざしの中で……　〜♬

歌い終わり、気恥ずかしそうな表情を見せた竹内さんに、思わず手を打ち鳴らした。

はじめて耳にする歌だった。

「いい歌だなー、それに、素敵な声だ。その歌は、何という歌ですか」

「さとうきび畑です。森山良子さんの歌です」


沖縄から戻り、第2作を書き上げたのは、6月の初旬だった。

竹内さんに電話連絡をした、

「明日の午前10時ですね。新宿東口の改札口で待ち合わせをしましょう」

レトロな喫茶店珈琲西武の席に着き、コーヒーを注文した。

「はい、やっと、書きあがりました」

原稿入りの封筒を手渡した。

「先生、確かに拝受いたしました」

いつもなら、手渡した原稿について、堰を切ったように、次々と質問を浴びせるのに、
この日はいつもの様子とは違っていた。

「どうしたの？　どこか具合でも悪いの？」

「いや、大丈夫です」と、飲みこむような笑みを返された。

今回の原稿について、私が一方的に話し、竹内さんは頷《うなず》きながらメモを取るばかりで、
あの堰を切ったような、矢継ぎ早の質問はなかった。

体調が悪そうなので、早々に席を立つことにした。

改札口を出て、振り返り手を振ったら、竹内さんから、意外な言葉を投げかけられた。

「先生!!　月桃《げっとう》は、月桃は、どんな花ですか？」

あまりに意外で、唐突な問いかけなので、

「すずらんの親玉みたいな花だ」と、……。私は答えた。

その2週間後のことである。

田中チーフ・エディターから電話をもらった。

「先生、2作目の原稿は、まだ脱稿できていないですか？」

「えっ！ すでに、竹内さんにお渡ししましたが……」

その翌々日、田中チーフから連絡があった。

「すみませんでした。竹内は体調を崩し、診断の結果、しばらく自宅静養が必要とのことですので、次の作品は私が担当します。週明けにお打ち合わせをしたいので、弊社までお越しいただけますか。ご予定はいかがでしょうか」

「はい、大丈夫です、お伺いします。ところで、竹内さんの状態はどうですか？」

「ご家族からの報告では、近いうちに、精密検査のために入院するそうです」


8月25日、竹内恵子さんが急逝したとの知らせが、電話で届いた。

あまりに急展開の訃報に息を呑んだ。

享年30。原因不明の大動脈内腫瘍による帰天だった。

葬儀式場
S.A

9の章　うむいばな（想い花）

月桃を裁ち束ねしや盆の墓

葬儀は外苑前駅前の梅窓院で営まれた。

寺門に「故八嶋恵子儀告別式」とあり、故八嶋の姓表記を怪訝に思いながらの参列だった。結婚間もない妻の死去を、気力を振り絞るように述べる若い喪主の挨拶に、はじめて故人竹内恵子さんの結婚間もない八嶋の姓を知った。

その後、喪主からわざわざ手書きの会葬礼状を頂いたが、その文を読んで、私は無念の想いを抱かざるを得なかった。

――恵子は倒れる直前まで、先生の原稿を読みふけり、ノートに書き込みをしていました。沖縄へ行ってきた土産話は、これまで、見せたことのない怒りの表情や、話しながら涙を浮かべるなど、私の妻がこんなにも饒舌で激情型だったのかと、再発見をしました。２人で最後に見た映画『ＧＡＭＡ 月桃の花』が、恵子が踏みしめた「沖縄」の過去と現状への想いを更に強くしたのだと思います。――

「あっ！……」

――新宿駅改札口の、恵子さんのあの言葉――

〝先生!!　月桃は、月桃は、どんな花ですか？〟

――すずらんの親玉……。――

それが、最後に竹内恵子さんに返した、別れの言葉だったとは……。

百箇日法要が梅窓院で行われた。

一言の挨拶を求められ、お詫びの気持ちを込めて次のように話した。

「八嶋恵子さん、ごめんなさい。あなたから『月桃はどんな花ですか』と問われ、あなたが聞きたかった真意もわからず、私は『すずらんの親玉みたいな花だ』と答えてしまいました。それは、旦那さんと最後に観た『GAMA 月桃の花』からの、私への問いかけだったのだと、後日知りました。恵子さん、今からでも遅くないですか。〝月桃の花は、あのイクサの中、雨に打たれ、泣きながら、咲く花です〟」

ここで読者に〝月桃〟について説明したい。

沖縄の言葉で月桃を「サンニン」と呼び、花も葉も甘い香りを放つ。4月の梅雨入り前に、白い花苞の先端がピンク色の花房が、下向きに鈴なりとなり、花苞が開くと黄色の花弁が姿をのぞかせる。花苞の白・ピンク・黄、そして香りの四重奏は、あの沖縄戦の祈りの花の象徴とも思える。

旧暦の12月8日、新生児を授かった家では、子どもの健康と無病息災を願い、餅粉をこねて月桃の葉で包んで蒸し、餅を作る。それをハチ（初）ムーチー（鬼餅）と称し、親戚や隣近所に配る。

百箇日法要後、精進落としの席で、恵子さんのご両親が揃って私の前に座られ、深々と頭を下げられた。

私は懸命になぐさめの言葉を探したが、なぜだか、言葉が見つからない。正座し直して、深々と頭を下げつづけるのが、やっとだった。

恵子さんの父上の清さんが手を伸ばし、目に涙をにじませながら、私の両手を包み込み話しかけてきた。傍に座るお母様のよし様は、背筋を伸ばし、まばたきもせず、私の顔を見つめていた。

「恵子がお世話になりました。恵子は、たった30年の人生でしたが、命の炎が消え尽きる終末期に先生とお会いできて、とても幸せだったと思います。ありがとうございました」

お母様のよし様が話を継がれた。

「あの子は、子どもの頃から本が大好きでした。図書館から抱えるほどの本を借りてきて、部屋に入り読みふけっていましたが、自分が気に入った本は、４歳年下の妹に読み聞かせをしていました。お年玉やお小遣いのほとんどが、本屋さんのレジに吸い込まれていたようです」

法律事務所を開き、多くの法学部の学生たちを個人援助している清さんは、

「私は、息子の淳と恵子が法学部で学び、私と一緒に弁護士事務所を助けてくれるよう勧めました。息子は親の要望を聞き入れてくれましたが、恵子は親の意に反して、文学部に

進学してしまいました。物静かな子どもとばかり思い込んでいましたが、先程、落語家の立川談慶さんから、『いやー、竹内部長から厳しいシゴキを受けました』と、聞かされました。大学では談慶さんたちと落語研究会に参加し、部長などを務めていたようです。あの口数が少ない恵子が落研の部長とはねー……。親が知らない意外な一面でした」

「卒業後、出版関係への進路は、ご両親に相談や報告はあったのでしょうか？」

「いや。すべて事後報告です。エス・エス・コミュニケーションズで『レタスクラブ』の編集に従事していたようですが、あるご縁からＮＨＫ出版にお世話になり、先生のご本づくりに関わらせていただいたのです」

「そうですか。当時は、ハンセン病問題に関する社会の関心がほとんどない時代でしたが、お父さんのお仕事の影響でしょうか、恵子さんは、法律と関連したハンセン病問題や医学問題などのたくさんの質問に受け応えしていました。私が一番、記憶に残っているのが〝人はどうして、他人の苦しみや痛みに、無関心のまま、平気で生きていられるのでしょうか？私もそのひとりですが……〟という言葉です」

そして、一呼吸の間を置き、ハンカチで目頭を押さえ、無念を抑えるように、清さんは言葉を継いだ。

「先生、病院のベッドで、恵子が嬉しいことを言ってくれましてね。〝おとうさん、私、元気になったら、法学部で学び直し、弁護士になる。そして、ハンセン病問題に取り組みたい〟と。恵子は親より先に、あの天国に先走りしてしまいました。弁護士事務所は、今、兄の淳が差配してくれています」

私の両手を再び握りしめ、激しく上下に擦りながら、

「先生‼ ありがとう。ありがとうございました。『花に逢はん』は、娘の宝物であり、わが家の宝物でもあります」

ご両親は、深々と頭を下げた後、居ずまいをただし、思いがけない依頼を、私に投げかけたのである。

「伊波先生！ お願いしたいことがあります。私たち夫婦に、先生と恵子が歩いた沖縄の道を案内していただけないでしょうか。娘が沖縄で何を見て、何を感じたのか、親としてどうしても知りたいのです。なぜなら、物静かな娘が、沖縄から帰って来て、人が変わっ

たように、怒りや悲しみを、家族に伝える様子に驚かされました。沖縄には何があるのか、ハンセン病療養所で、娘は何を感じてきたのか？……」

１９９９年、年末年始は観光客でごった返す那覇空港ターミナルビルも、２月の中旬ともなると、到着ロビーの出迎えの人の波は一重となり、２日前に帰郷していた私が、竹内ご夫妻を出迎えた。

ホテルＪＡＬシティ那覇にチェックインした後、ラウンジで３日間の旅程の打ち合わせをした。竹内ご夫妻は、翌日と翌々日の宿泊は、名護市のカヌチャベイホテル＆ヴィラズを予約済みであり、私の都合も確認しないで申し訳なかったが、私も同宿できるよう予約したと、謝りながら話された。私は恐縮しながらもご厚意に甘えることにした。

明日の午前中は南部戦跡を回り、午後は本部《もとぶ》半島、明後日は屋我地島の愛楽園中心の旅程にしましょうと説明した。旅程を了解したのち、清さんがよし様に目配せをした。

よし様から問いかけられた。

「先生、今日のお泊まりはどちらで？」と問われ、私は、「これから、ビジネスホテルを捜します」と答えた。

「それなら、よろしければ、このホテルにご一緒していただけませんか」

私の返事を待たずに、よし様は、フロントに小走りで向かった。

ホテルコンシェルジュをラウンジに呼び、明日の南部戦跡から本部半島一周とホテルまで、さらに明後日の1日、翌々日のホテルから那覇空港までの個人タクシーの手配を頼んだ。

コンシェルジュからアドバイスがあり、――明日は、那覇在の個人タクシーで、明後日からは、名護在の個人タクシーの予約がよろしいかと思います。ご了承いただければ、早速当方で手配させて頂きますが――。

初日の南部戦跡めぐりは、定番の「ひめゆりの塔」「魂魄の塔」と平和祈念公園に案内した。平和祈念公園の平和の礎《いしじ》では、清さんは、出身地新潟県の礎前で手を合わせ、刻銘された戦没者の名前をじっと見つめながら、手のひらでなぞっておられた。

「運転手さん、名護のカヌチャベイホテルへは、高速を走らず、58号線に向かい、嘉手納の道の駅に向かってください」

お2人は、特に北谷《ちゃたん》に入り、延々と続く金網に囲まれた米軍基地を、時折ため息を漏らしながら見つめていた。

道の駅かでなの展望台から見える広大な嘉手納飛行場から、戦闘機やヘリが、次々と轟音を立てながら離発着していた。2人はその爆音に、一瞬、耳を塞いだ。

ホテルへ向かう車中、2人は、しばらく言葉がなかったが、よし様が、

「まるで、戦争前夜の情景ですね。沖縄の人たちは、毎日、この状況下で生活をなさっているのですね。私たちは、のほほーんと、この国は平和だと……」

そして、フーッと、大きく息をつかれた。


滞在3日目、名護で手配された個人タクシーが、9時の予定時間には、すでに玄関に迎えていた。

「ご予約いただきありがとうございます。私、金城と申します。明日の那覇空港までの2

日間、安全運転でご案内させていただきます」

「運転手さん、まず、今帰仁《なきじん》の乙羽岳《おっぱだけ》の展望台に向かってください」

1時間ほど走ると、車は名護本部線に入り、名桜大学を右手に走り抜け、伊豆味《いずみ》に入った。

「ここ伊豆味は母の故郷です。1872年、琉球王国は琉球藩となりますが、1879年に琉球処分が断行され、名実共に琉球王国は滅亡し、日本帝国に組み込まれてしまい沖縄県となります。母の一族は琉球国の下級武士でしたが、この地に流れ住み、山地を開墾し、生きのびたそうです」

「先生、沖縄の悲劇の歴史は、その時からつづいているのですね」と、よし様が口を開いた。

20分ほどで左折し、林道を登り、乙羽岳頂上に着いた。

展望台から今帰仁の集落が見下ろせた。

「先生、『花に逢はん』で書かれている、〝一列縦隊〟の章、あの沖縄戦の中、家族が山中を逃げまどったという山が、ここですね。それに、お兄さんが指さして、あれが〝屋我地島だ〟と、口にしたのは、ここから見た、海の向こうに見える島ですか?……」

私は頷き返した。

「恵子も同じ景色を、ここから見ていたのですねー……」

よし様は、展望台の手すりをしっかり握りしめ、屋我地島のある方角をじーっと、見つめていた。

いよいよ、屋我地大橋を渡り、沖縄愛楽園への道をたどった。

「運転手さん、その先で車を停めてください」

「竹内さん、周囲はさとうきび畑です。今は、さとうきびは刈り取られ、次の苗を10～15㎝ほどに切り植え付けられています。リレー競争のバトンのようなものが並んで見えていますが、あれがさとうきびの苗です。恵子さんとご一緒した時は、一面、収穫前のさとうきびの葉の上を風が渡っていました。この畔《あぜ》の叢《くさむら》に腰を下ろし一休みしたのがここです。ここで、恵子さんが、森山良子さんの〝さとうきび畑〟を歌ってくれたのです」

「そうですか。沖縄から帰ってから、恵子が、よくこの歌を口ずさんでいました。ここですか……」

そして、お母様は娘の頭をなでるように、座っている土手をさすった。

愛楽園内を案内している中で、ご夫妻が激情を抑えることが出来ず、肩を震わせた場所が2カ所あった。

その1カ所が教会堂「祈りの家」の造り付けの長椅子に、3人が並んで座った時であった。教会堂には人影はなく、ガラス窓から射す昼過ぎの冬の陽光が、室内と祭壇をほのかに明るくしていた。

清さんが声を潜めるように、

「ここですね。この教会堂のこの中ですね。『花に逢はん』の〝サーターアンダギー〟の章で書かれている青木恵哉伝道師に、しっかり抱かれたのは……」

「そうです」

ご夫妻は、肩を震わせながら、合掌し、しばらく祈っておられた。

愛楽園を案内する中で、清さんは弁護士の職業柄なのか、「どうして?」「なぜ?」と、矢継ぎ早に質問され、私からの答えを熱心にノートに筆記しておられたが、

「私は民事専門の弁護士だったとはいえ、法曹界に身を置くひとりとして、どうして、あなた達がこんなに苦しんでおられたのに無関心で、この悪法を見逃していたのか、恥じ入るばかりです。恵子が——弁護士になってハンセン病問題に取り組みたい——と、口にした言葉の真意が分かりました。自分の娘ながら敬服します」

私は最後に、お2人を園内の中央部の小高い丘にお連れした。この丘の入り口は草花が植栽され、スコアブランド公園と命名・整備されていた。

1949年、アメリカ軍政府公衆衛生福祉部長に就任したR・V・スコアブランド博士は、沖縄愛楽園の患者のために食料の特別配給と特効薬プロミン治療を開始し、退官後、故郷の西ドイツで講演活動などを通じ、愛楽園の実情を伝えていた。これに感銘を受けた西ドイツの人たちから「希望と自信の鐘」が贈られ、遠い旅路の果ての沖縄愛楽園に届き、愛楽園中央部の高台に鐘楼が作られ、時を告げていた。

患者の救済に尽くした博士の功績を顕彰し、その丘一帯がスコアブランド公園として整備されている。博士の遺言により、遺骨の一部は療養所内の納骨堂に入園者の遺骨とともに合葬されている。今は時を告げることはないが、鐘は鐘楼にあの時のまま吊るされていた。

鐘楼の脇に、長さ４ｍほどの石造の長椅子があり、お２人にそこに腰掛けてもらい、あのときの話をはじめた。

「通常、家族の訪問は面会室で行われていましたが、周囲に聞かれたくない〝秘密〟を打ち明け、父の助けを求めようと、面会に来た母を、ここまで連れ出しました」

――僕、一生涯、ここで隔離されたまま過ごしたくない。勉強がしたい。愛楽園からヤマトへ逃げるのを手助けしてほしい、おっかぁー、お父さんに頼んで!!――

「あの時、眼下には公会堂の広場に向かい合うように、子どもたちが生活していた、空色の２階建ての少年少女舎と、入園者の生活棟が整然と並び、東側の海の遥か遠くにはヤンバルの山々が連なって見えていました。目の前の風景が消えることを願いながら、懸命に頼み込みましたが、今はすっかり、その頃の風景の面影は消えてしまいました……」

母に懇願した場所が、お２人が座られているこの石の長椅子だと教えた。

「お母様は、どんな思いで……、先生の懇願をお聞きになったのでしょうかねー……」

その言葉を口にして、突然、よし様は大声で泣き出した。


車は名護市の街を抜け329号線を走っていた。

世冨慶《よふけ》を過ぎ、二見杉田トンネル手前で、道端に茂る月桃の群落が、私の目に入った。

「運転手さん、そこで車を停めてください！」

そこで、竹内夫妻を下車させた。

「竹内さん、あの左手の青々と茂っているのが月桃の群落です。今は花を付ける時期ではありませんが、月桃の葉は、沖縄の冬には大切な利用価値があり、今はその香りのエキスを芳香剤として売り出しているそうです」

「伊波さん、あの月桃の何株か、東京に持ち帰れませんか？」

「雑草の一種ですから、引き抜いて持ち帰るのは構いませんが、寒い東京で育ちますかねー」

それでも、どうしてもと懇願されたので、運転手に手伝ってもらい、月桃を5株ほど引き抜いてもらった。

ホテルで根の部分から30㎝ほどで葉の部分を切り落し、濡らした何重もの新聞紙にくるみ、バスタオルで包み込んだ。

竹内ご夫妻を那覇空港ターミナルで見送り、3日間の「娘の思い出をたどる旅」は無事終了した。

それから3年後の5月、わが家の電話が鳴り響いた。

受話器を取ると、難聴になったわが耳でも、余りの大音量に驚くほどの声だった。

「先生！ 竹内です。竹内清です。咲きました！ 月桃が花を付けました！ 恵子の花が咲きました!!」

「えっ！ 本当ですか？ 持ち帰って、どうされたのですか？」

「園芸業者に預けたのです。株も増え、見事な花を鈴なりに咲かせてくれたのです。これから、その1房をもらい受け、梅窓院の恵子の墓前に活けてきます。咲きました。咲きました!!」

息子さんの竹内淳弁護士からの知らせでは、残念ながら竹内清さんは故人となられたが、よし様、恵子さんの妹の孝《たか》さんはお元気だという。お会いしたいものだ……

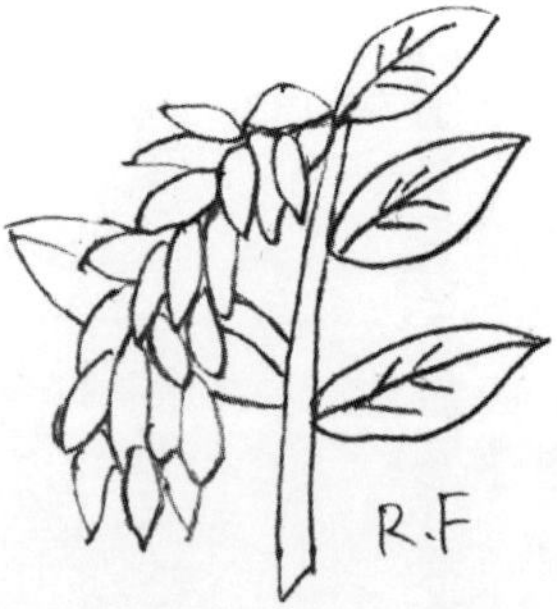

10の章　塩田平

老いの背に塩田の庄の初しぐれ

次の作品の編集者は、田中美穂チーフ・エディターで、アシスタント役は山本則子さんに代わった。

『夏椿、そして』は、１９９８年７月21日に田中さんと山本さんが提案し、バックヤードの指示を道川出版部長が務め、10月20日に発刊した。

田中さんは、道川部長の信頼も厚く、また、今回の本の細部にわたる校閲ぶりに、やはり、このような編集者の存在によって故竹内さんも生かされ、多くの人の手に取られる『花に逢はん』が生まれたのだと実感した。

この作品で一番苦心したのは、事実を伝えながら、いかに特定の人物と特定の土地を想定されずに、プライバシーを守るかということだ。それは病歴を明らかにし、社会生活を送っている私の想念をはるかに超えていて、どうしてもその人たちの心理描写の書き込みに、自分でも難渋していた。やはり、その箇所は、素読み段階でも編集者から、もっと書き込んでほしいとの要望が伝えられた。

この作品を担当した編集者の山本則子さんは、刊行予定までの限られた日々を、目が回るような編集業務に追いまくられたことだろう。でも、若い頃、バイクジャケットに身を包み、大型バイクでツーリングを楽しんでいた山本さんは元気印で乗り切り、当初目指した秋口の刊行を見事に達成してくれた。

私は、『花に逢はん』『夏椿、そして』を世に出し、文筆活動をはじめていたが、著述の生業は東京在住が絶対条件でなくとも果たせた。

妻の繁子は東京都東村山市の市立保育園の園長を務めていたが、年度終了を機に退職した。私57歳、繁子は間もなく53歳を迎えようとしていた。

1998年、終の棲家の土地を長野県上田市に得て、翌年、木造建築2階建ての、バリアフリー構造の新居の棟上げが始まった。

私たち夫婦が、東京都東久留米市八幡町の高層マンションから、塩田平に移り住んだのは、

２０００年3月31日である。

私たち夫婦の第2のふるさと、塩田平にある長野県上田市保野《ほや》について位置、地勢、沿革について少し触れる。武将真田幸村が馬で遠乗りし温泉浴をした別所から東に流れる湯川の北側にあり、明治から昭和にかけての市町村制施行で１９５６年に塩田町となり、１９７０年上田市と合併した。保野に人が住み着いたのは弥生時代であり、薄《すすき》の原の「ほや」と呼ばれ、その後、開拓に入った「大尚・小尚」の兄弟が、まず、カヤやススキで造ったご先祖の「塩垂津彦命《しおだれつひこのみこと》」を祀る穂屋（神社の古称）を建てた。名称は「穂屋」から「穂屋野」そして「保屋」と変わり、現在の「保野」となった。

私たちが移り住んだ１９９０年は作家の田中康夫が知事に就任して、長野県民が急に元気づいたような年と重なった。

塩田平の桜は、まだ固い蕾のままであったが、野山は春の鼓動が競い始めていた。

わが家は、川西医院と障がい者施設「上田ひもろ木園」を間近に、隣組は9軒で、そのほとんどが後期高齢者家族である。

隣組の男衆が2カ月ごとに集う酒席に、私にも誘いの声がかかり、繁子ともども温かく迎え入れてくれて、私が地元で行う講演会には、奥様達が花束を持って参加してくれた。

私は義父母の近くで暮らしたいと願っていたが、その義父は、残念ながら、2007年3月12日、91歳5カ月で帰天した。

義父は意識が朦朧となるまで、私を「伊波さん」と、「さん」づけで呼んだ。「お義父さん、息子へさんづけは、止めてください」と懇願すると、「いや、あなたは、社会的な仕事をしている」と、私の申し出を聞き入れなかった。

義母は晩年の1年近くを老人施設で暮らしたが、施設入所前の約2年間は、繁子の車で毎日のように故郷の東御《とうみ》市（前東部町）から湯ノ丸峠まで、約3時間のドライブを楽しみ、時には弁当持参で、帰りにわが家に立ち寄っていた。

わが家では聞き役の私に、少女期の楽しかった「海軍記念日の遠足」の思い出を、私が暗記できるほど話してくれた。その義母も2017年11月29日、91歳1カ月で天国へ旅立った。

友人たちの茶話会で戸崎さんが、おかしそうにこう言った。

「ねー、ねー、聞いて。繁子さんは、伊波さんのことを、おじさんと呼ぶのよー。誰か、お客さんが、訪ねてきたのかと思ったら、伊波さんのことなの」

そして、戸崎さんが、「おじさん、コーヒーお砂糖、何杯?」と、私に声をかけ、手をたたいて笑った。一同、それにつられて、「おじさん」「おじさん」と、囃子立てられた。

そう言われれば、繁子は、私のことを「おじさん」と呼ぶ。

いつからそう呼ばれたのか、定かでないが、「あなた」と、呼ばれるとちょっと照れ臭いし、この呼びかけが、私には心地が良く、丁度いい。

そう言えば、周りで、連れ合いを、「おじさん」と呼ぶのを聞かないし、これは、わが家の専売特許かもしれない。


いつから始まったことだろう?

思い返すと、結婚時から一貫していることに気づく。

その起源は、繁子の実家の子どもたちらしい。
里帰りした時、私たちの寝床は、1階の居間に延べられた。
いつものことだが、姪の綾乃は、自分の寝具を抱えて2階から下りてくる。
「おじちゃん、繁子おばちゃん、一緒に寝てい――い？」
私たちの間に、自分の布団を敷く。
そう呼びかけられたのが、はじまりかも……。
その綾乃も、今や30歳を超えた、立派な会社員だ。

11の章　赤い自転車

不ぞろいの瓜ほど愛《かな》し自裁園

正午の時報が鳴る少し前であった。

危うく脇道から飛び出した赤い自転車とぶつかるところだった。

その自転車の赤色は、明らかに素人の刷毛で赤いペンキが塗装され、ところどころは元の塗装色が見えていた。

1日3回、雨の日も風の強い日も走っているこの赤い自転車は、出発地がハンセン病療養所B園で、行き先は近くの聖ヨハネ敬愛病院に入院中の奥さんの所だと、このところ、近所の話題になっていた。

乗り手の名前は、「かっちゃん」と呼ばれているらしい。病院に向かう赤い自転車の乗り手に、療養所職員から「かっちゃん、気をつけてね」の声掛けを聞いたという人からのまた聞きである。

正式名は、それも園名ではあるが、「正木勝昭」という。正木さんは、9月で68歳を迎えるという。

両ひじを外側に広げ、不自由な手で自転車を操り、聖ヨハネ敬愛病院と療養所B園への往復は、もう、2カ月になる。

1日3回、赤い自転車の定期便は、病院の食事時間15分前。それは誤差が生じたとしても数分しかない正確さだった。

正木さんは、1972年にハンセン病療養所B園に再入所していた。

この再入所は、病気の再発が理由ではなく、右足後遺症の潰瘍悪化によるものである。

正木さんは、手足の後遺症だけでなく、相貌にも醜い後遺症が刻まれていた。

1960年代、高度経済成長の波は、多くの労働力を必要としていた。

これまで療養所内では、後遺症の少ない入所者は、安い労賃の園内作業に従事していたが、労働力を求める外からの手配師の手は、療養所内にも伸びてきた。

ここに管理当局黙認の「労務外出」が出現した。労務外出グループは、軽トラックで労働現場と療養所を往復していた。まだ、「らい予防法」が法律として厳然と執行されていた時である。

しばらくすると、多くの労務外出者は、療養所外に定住地を求めるようになる。その流れは、ある程度の後遺症がある入所者でも、現場で軽作業者として働く機会が得られる。正木さんもそのひとりで、工事飯場を転々としながら、わずかな日銭を稼ぐことができた。よくぞ、その手足でと思うほどの頑張りであったが、正木さんの強固な精神力をもってしても、すでに、限界を超えていた。

――バブル経済が勝手に弾けて、俺の仕事を奪った……――

再入所を決意したときの、無念を込めた、正木さんの口から出た言葉である。

これまで低所得者用の市営住宅に住んでおり、所轄の福祉事務所は、生活保護受給を勧めたが、正木さんは頑《かたく》なに断りつづけていた。

「俺、しばらく、体を休めてくる。おウメをよろしくお願いします」

正木さんは、福祉事務所の担当者にそう言い残し、ハンセン病療養所の福祉室に顔を出した。

しかし、あくまでも緊急避難的な再入所であるとの主張は変えなかった。

ハンセン病患者を一般社会から強制的に収容し、死去すれば、その遺骨は療養所内納骨堂に納められ、故郷の墳墓に帰されることがまずなかった。

1996年、ようやく「らい予防法」は廃止され、2001年、「違憲国家賠償訴訟」で原告勝訴となり、国家政策と国会議員の不作為の責任を問うまで、司法は厳しい判決を下した。この判決によって国家政策は急転換が図られることになった。

国民はこれほど長期に、それほど厳格に、——「強制隔離」が法律によって執行されていたことに驚き、——「ハンセン病」の正しい知識を知ろう！という動きから、この問題が内包する人権問題・社会意識まで考えようとする社会運動にまで止揚《しよう》された。

2008年「ハンセン病問題の解決の促進に関する法律」によって、社会復帰をした退所者が希望すれば、病気再発でなくても、療養所の門戸が開かれるようになった。

正木さんの再入所は、それ以前のできごとであった。

正木さんは正式手続きを経ない社会復帰者であったため、曖昧《あいまい》な園籍は残っており、後遺症を原因とする再入所は、問題なく受け入れられていた。療養所の生活棟は、介護が必要な不自由者棟と自立生活ができる独身者の一般舎棟、そして、夫婦舎棟があり、正木さんは一般舎棟の藤舎へ入居となった。

ところが、その入居は、大きな騒動を巻き起こした。

藤舎の正木さんの部屋に、おウメさんがころがり込んで来たのである。正木さんとおウメさんは内縁関係にあったが、戸籍上は夫婦ではない。どう法律を拡大解釈しても、健康なおウメさんの療養所入所は無理であった。

ハンセン病療養所の入所利用原則は、あくまでも、ハンセン病罹患者に限られ、当然のことながら、健康な家族は認められていない。療養所職員や市の職員が、一緒になってその理非を説いても、知的に障がいのあるおウメさんは聞く耳を持たなかった。

「オレ、かっちゃんの嫁っ子だ。かっちゃんど一緒にいる」

「いやだ！ どじゃねなー（さびしい）、かっちゃんのそばがイイ！―」

「かっちゃんを、オレがら、とれば死ぬ!!」

解決策は見つからないまま、おウメさんは正木さんの部屋に居座りつづけた。

療養所内には、個人で一般紙やスポーツ新聞を購読する入所者がおり、新聞販売店が、療養所入り口の新聞専用ポストまで配達して、それを療養所の職員が郵便物配達と同じように、各個人の部屋に配達していた。

それが、ある日、新聞ポストが空になっていた。

新聞販売店に確認すると、間違いなく配達済みであり、各購読者に確認すると届いているという。その翌日も各個人にトラブルなく配達されていた。

それは、誰の手によって届けられているか調べると、おウメさんだった。

「オレ、ただメシ食うわけにはいがねー。新聞さオレがくばる」と、職員に答えていた。

おウメさんが大事に抱えているノートには、新聞配達先の各部屋の地図が書き込まれ、その部屋の上に、配達新聞紙毎に○◇□△☆などの印が記されていた。

おウメさんは、朝夕、誇らしげにニコニコと笑顔を振りまきながら、各新聞を購読者に間違いなく配っていたのである。

しかし、ここ数日、おウメさんに代わり、正木さんが新聞を配っていた。

「かっちゃん、おウメさんは福岡に帰ったのかい？」と、声を掛けると、

「おウメは、のどが渇く、だるいと言って、寝込んでおります」

それが療養所の加藤医師に伝わり、寝込んでいるおウメさんの元に駆けつけ診察すると、随時血糖値が２００ミリグラム／dL以上を示し、２型糖尿病と診断された。新たな問題の発生である。

関係者の奔走の結果、近隣の聖ヨハネ敬愛病院に緊急入院させ、ＤＰＰ―４阻害薬と食事療法の治療を受けることになった。

しかし、また、ひと騒動である。

東病棟の婦長に栄養士から苦情が届いていた。

――旦那さんが毎食事前に、おかずを持ち込み、おウメさんが治療食のおかずに一切、手をつけない――

婦長が優しく諭すように語り掛けた。

「ウメさん、この食事はねー、あなたの病気を治すために、わざわざ栄養士さんが考えて作ったの。だから、それ以外は食べてはいけないよ」

「病院のまんま、うめくねー。かっちゃんのがうめーー！」と、聞き入れない。

それを解決するために、ハンセン病療養所の加藤医師、病院の松本主治医、東病棟の婦長、正木さんを交えた４人の面談が行われた。

主治医の松本医師が、糖尿病の基本的な話と、食事管理がいかに病気治療には大切かを、分かりやすく、正木さんに話した。

その話を引き取った、ハンセン病療養所の加藤医師が、

「かっちゃん、あなたの奥さん思いはわかるけど、毎食３度のおかずは、かえって、おウメさんの病気を悪くするから、やめようよ」

粘り強い説得で、やっと、おかず持ち込みは中止すると、正木さんの了解にこぎつけた。

「おウメは、わしより先に箸を手にしません。――かっちゃんより先に、箸を手にすると鬼に食われる――と言いよります。ですから、３度の食事時、何も持ち込みませんから、

そばにいて、病院から出される食事を、がんばって食べるように言いよりますけん」

その食事前の3度の面会は、特例として認められた。

主治医の松本医師が、おウメさんの病室を訪ねた。

「おウメさん、かっちゃんはもう帰ったのか？」

「もう帰ったハー。先生、オラ、かっちゃんのどこ帰りたゃなー」

「そうだなー、早くかえりたいねー」

「先生、明日、帰れっか？」

「明日は無理だなー。おウメさん、早く帰れる方法を教えてあげようか」

「ウン」

「ごはんねー、あれはおウメさんの病気を治してあげるために、病院の人たちが作ってあげているんだ。だから、その食事だけでおしまい。それで我慢しないと、おウメさんの病気は、いつまでたっても治らないよ。病気が治らなかったら、どうなる？　かっちゃんのところへ帰れないよ。おウメさん、困るでしょう？」

「ウン、オラさびしい。こまる。せんせい、オラびょうき、はやぐなおす。して、かっちゃんどこ帰る。して、かっちゃんといっしょに、まんま、いっぱぁくう」

おウメさんは、治療の甲斐があって無事退院することができた。


ハンセン病療養所園長の特別の計らいで、おウメさんの留園は黙認となった。

療養所のケースワーカーが、正木さんとおウメさんの出会いのいきさつを、何度聞いても、正木さんは笑顔を返すだけで、口を開かなかった。

ただ、ケースワーカーが、辛抱強くおウメさんと会話している中で、きれぎれの話から、朧《おぼろ》げに、その出会いのいきさつは浮かび上がってきた。

ある飯場で、飯炊きをしていたところでの出会いらしい。

「ウメさん、お父さんとお母さんは?」

「おとうも、おっかちゃんも、しんでしまったハー」

「兄弟は?」

「あんちゃんのことか? だば、いねー。オラ、ひとりだ!」

「お父さんとお母さんが亡くなったのは、ウメさんがいくつの時?」

言葉で答えず、最初は両手を広げ、次は左手をグーにし、右手を開いてパーを出した。

「それで、ひとりぼっちになってどうしたの？」

「おじちゃんの家さではたらいたハー。おじさん、オラさ、へんなごどした。はだか（裸）さして、おもだがった。よるになると、きだ。だれさにも、いっちゃならねーと、おっかねーかおして、オラさいっただ。おっかねぐなった。だで、とおくまで、きしゃのってにげてきた」

「それで、かっちゃんと会ったんだ」

「んだ！　かっちゃん、オラをばかにしねー。かっちゃんやさしい」

「ウメさん、かっちゃんが好きなんだ」

「んだ！　かっちゃん、てっこ、あしっこいてー。かっちゃんたすけねば、かっちゃん、かわいそうだ！」


会議室には、50人を超す東病棟の職員が顔を揃えていた。

月例職員研修会議のその日のテーマは「ハンセン病問題」で、ハンセン病療養所から加藤医師が招かれていた。一般的なハンセン病問題を話し終わり、加藤医師が最後に次の話をし始めた。

「隣の療養所のおウメさんの治療では、皆さんに大変お世話になりました。その時、暑い日も、雨の日も、2カ月間、それも、1日3食、おかずを運んでくる旦那さんを覚えていますか。治療に差し支えがあると、説得して止めてもらいました。それは病気治療という医学的には、正しい選択です。私も一緒になって旦那さんを説得しました。しかし、私の胸の中には、医療上の判断とは違う、何か正体不明のわだかまりが残ったままです。皆さんは、彼の手の障害をご覧になったと思います……」

加藤医師は、演台の水差しからコップに水を注ぎ、一口、喉を潤して、話をつづけた。

「本日、参加されている皆さんのお顔を拝見すると、家庭の主婦がたくさんいらっしゃると、お見受けいたします。仕事をなさりながら、家族の3度、毎度の食事作り大変ですね。ご苦労様です。

皆さん、おウメさんに、1日、3度、届けられていた、あのおかずは、すべて、ウメさんの旦那さんの手で作られました。

材料の買い出し、料理、そして、病院通い、彼の1日は、ほとんど、このために費やされていました。

彼は暇だからできたのでしょうか。この病院まで、自転車で15分の距離だから、1日3回、2カ月も通うことができたのでしょうか。

彼の両手は、ハンセン病の後遺症で、ほとんどの指が欠損しています。ですから、包丁を握れません。材料を切り分けるために、包丁を手にくくりつけて、具材を切るしかありません。

医療上の理由で、私たちは、おかず作りを止めさせました。

この選択は疑いの余地はなく正解です。しかし、正木さんに〝止めさせたおかず作り〟私は、まだ、そのことへ、心の底からの正解の確信にたどり着けないままです。

夫婦とは何でしょうか？　夫婦の愛情とは？

果たして、医療食は……、正木さんの手作りのおかずに勝ち得たのでしょうか？

私の、自分への問いかけは、まだ続きます……」

会場から嗚咽がもれてきた。

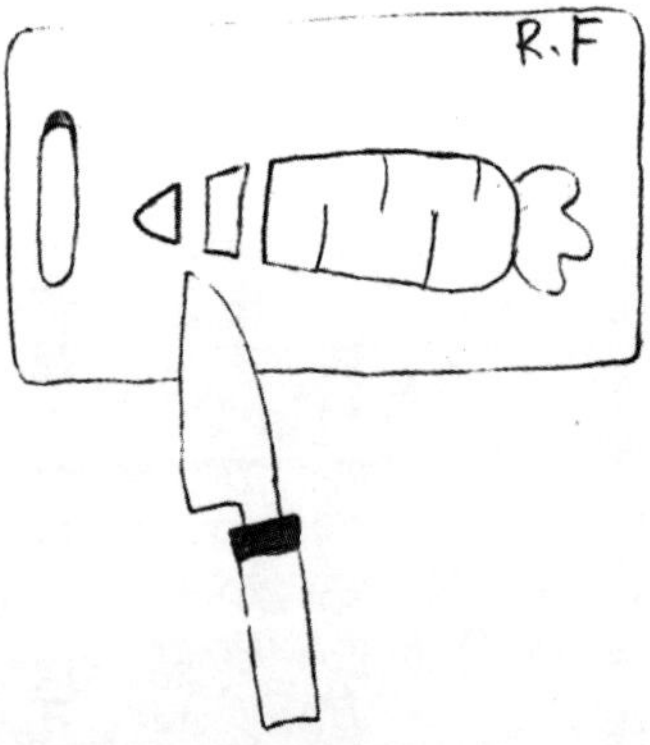
R.F

12の章　矜持

国凍てし民居寒し枯落ち葉

ＮＨＫＢＳ１スペシャル「改善か　信仰か～激動チベット３年の記録～」（本放送２０２０年７月３日）の再放送を見ていた。

国家という圧力は、真綿でじりじりと首をしめるように、人々の文化や習慣、そして、宗教という人間の精神世界まで破壊していくのだと見せつけられた。

中国・北朝鮮と、今、海を挟んで向かい合っている。

そして、この国は仮想敵国を視野に入れ、「防衛」という語句が正当性を得て、あの戦禍の記憶は置き忘れられてしまい、事前に敵地を攻撃することも可能な兵器導入を含む軍事予算の増額がうなぎのぼりである。

「矜持」。この言葉を、私たちの日常で耳にすることが少なくなった。

意味は——プライド・自尊心・自負心——とある。身近な日常から聞けなくなったということは、「矜持」を持ち、生きている人が希少になってしまったからであろう。

この「矜持」の解釈から、「自負心」に、より、スポットをあて、私は尊敬を込めて3人の方を紹介したい。

お一人は、国際政治学者でコード名「ミスター・ヨシダ(日本での別称はミスター・K)」こと若泉敬《わかいずみけい》氏(1930~1996年)である。

長年、官邸からその存在を否定されつづけていたが、佐藤栄作元総理の自宅から、沖縄返還交渉密約関係文書が発見されたことにより、ミスター・ヨシダは、実在の人物であることが証明された。

1971年6月17日に「沖縄返還協定」は調印され、1972年5月15日、沖縄は日本復帰を果たす。その背後に密約の「核持ち込み」協定があり、アメリカ高官をして「日本における米軍基地の自由使用が確保された」と言わしめ、沖縄の米軍基地は固定化された。若泉氏は、沖縄返還によって県民の苦しみが軽減されると信じて密使の務めを果したが、20余年経っても、沖縄の基地負担がかえって加重されていることに、自責の念に駆られる。

本来は外交交渉機密文書として秘匿《ひとく》されるべき交渉内容を、『他策ナカリシヲ信ゼムト欲ス』（1994年）で、明らかにする。

この著作を目にした沖縄の放送局出身のジャーナリスト、具志堅勝也氏（現大学非常勤講師）は、若泉氏への密着取材を許され、「他策ナカリシヲ信ゼムト欲ス～そして核の密約は交わされた～」を制作。1997年5月15日、琉球放送で放映された。

その後、具志堅氏は、著書『星条旗と日の丸の狭間で～証言記録 沖縄返還と核密約』（芙蓉書房出版、2012年）で、詳しくこの問題を追及している。

若泉氏は著書の跋文で、わが国を「愚者の楽園」と評し、沖縄県民の苦しみに、謝罪行脚を続ける。その足跡をたどると……。

具志堅さんの取材によると、1985年6月、奥さんのひなをさんと一緒に、沖縄南部戦跡慰霊に訪ねた帰路、ひなをさんは倒れ、同月23日に死去された。

1992年、若泉氏はすい臓がんで余命3カ月と宣告され、国立沖縄戦没者墓苑で額づき自裁を覚悟したが、「英霊との対話」を交わす中で、その場での自裁を断念した。

1995年と翌年の2回、遺骨収集ボランティアの国吉勇氏の案内で野戦壕に入り、遺骨収集の手助けをする。国吉氏には「福井から来た吉田」と名乗った。

その両年、6月23日の「慰霊の日」式典にも参加している。

その一方、大田昌秀沖縄県知事宛てに「嘆願書」で謝罪の意を伝え、その中で、――小指の痛みは全身の痛み――とのキャプションがある沖縄の老婦人の写真を、机の前に貼り、自らをいましめているとの記述があった。

1996年7月27日、『他策ナカリシヲ信ゼムト欲ス』の英訳版を見届け、青酸カリを飲んで自裁した。

沖縄では今、「防衛」という大義名分のもとにミサイル基地が増設されている。

「矜持」に苦悩し、自裁した若泉敬氏の死から27年。日本国の政治家にとって、「沖縄」は領土としての関心はあっても、「沖縄の民」は、慮外の対象に過ぎない。

書籍文化にこだわり続けている「人文書館」社長の道川文夫氏も、矜持を持ち続けているおひとりである。

出版市場はますます厳しくなっている。読者はコミック誌と実用書を求めるようになった。ＮＨＫ出版もその流れに逆らえず、放送番組と関連した刊行物が中心軸になり、学術図書は傍流となる。

文化人類学、歴史学、文学研究、ノンフィクション等に力を注いできた編集者の中には、経済的対価を最優先する流れに見切りをつけた人もいるだろう。

道川氏は口癖のように「新しい書き手を見つけ、学術の向上に寄与できれば」と、夢を語っておられた。

私の『改訂新版 花に逢はん』、『ゆうなの花の季と』、『島惑ひ』、『父の三線と杏子の花』の４冊を同館から出版していただいたが、編集に注ぐ熱情がますますパワーアップされ続けているのを感じたものである。

刊行された私の書籍名は、花に結びつけて命名されたものが多いが、これは、道川氏の感性から導きだされたもので、読者が手を伸ばす大きな誘因力となっているはずである。

氏の言葉で記憶にあるのは、「書物は、文字と共に生き、紙の死と共に滅す」。電子化の趨勢にも、身を乗り出す姿勢を見せなかった。

道川文夫氏は、2004年、NHK出版取締役編集局長を辞し、有限会社「人文書館（ZINBUN SHOKAN）」を創立された。

会社創立を祝し、私は次の応援メッセージを送らせてもらった。

祝 出帆！〔知的な驚き〕そして、〔感銘〕を心待ちにしています。

——私の『花に逢はん』『夏椿、そして』を世に送り出してくれた道川文夫氏が、この秋に、人文書館（ZINBUN SHOKAN）を独立させました。退社と新しい書館立ち上げの知らせに、私の心から快哉を叫んだことを覚えている。ふるさと沖縄の方言で、〔人文〕（ZINBUN）とは、知恵とか才能を意味します。まさに、語韻からしても吉兆なり。

時代は今、大きな錯誤の中にある。あたかも、〔利便〕と〔利潤〕と〔効率〕こそが、混乱の極みにあるこの国の現況を、立ち直らせてくれる鍵だと信じ込まされています。すべてが足早に、あらゆることに手を抜き、この国の人は従順にして、怒りまで忘れてしまったかのようだ。人と人の距離がますます遠くなり、その極め付きは、子どもたちに他人を信ずるな、声を掛けられたら大声を上げ、逃げよと教えていることだ。

この国の民人の疲れた顔と眉間の皴の深さを見よ。

このような時代だからこそ、文化の柱を担ってきた出版人たち、特に、志の高い骨太の編集者たちは悩みつづけている。

利便性への右顧左眄か、理にこだわり、あえて時流に逆らい、荒波に舟を漕ぎ出すかを立ちどまって考えるべきではないか。道川氏は後者を選んだ。ありがたいことに、その道川氏から、私の次作の書き出しを促すかのように、書名案まで送られてきた。まだ、一行もつづらないうちにである。

決意だけは固めました。付箋とびっしりと書き込みがなされる本を書きたい。――

さらにもうお一方を紹介したい。

元理論社社長・編集者の小宮山量平氏（1916〜2012年）である。

「自立的な人間の誕生は、次の世代に期待する以外にない」と、理論社は1958年、児童文学の記念碑的作品「つづり方兄妹」（野上丹治・洋子・房雄著）を出発点として、次々と若手の児童文学者を育てた。代表的な作家は、斎藤了一、山中恒、今江祥智、寺村輝夫、神沢利子、村山知義、庄野英二、いぬいとみこ、大石真、古田足日、斎藤隆介、灰谷健次郎などである。また、女性史のバイブルとも評されている『高群逸枝全集』、演劇関係では、宇野重吉『新劇・愉し哀し』、スタニスラフスキーの『俳優の仕事』（千田是也訳）など、貴重な著作物をこの国に遺してくれた。

私が長野県上田市に移住した翌年、氏の誕生パーティーが開かれた際にお誘いがあり、小宮山氏と知己を得られた。私は小宮山氏の左隣の席に案内され、右隣には信濃毎日新聞者主筆の中馬清福氏が座った。それから毎年、小宮山氏を囲んで長野県の文化人が集まり、〝千曲川川岸の「つけば料理」〟〝上田の大花火〟〝誕生会〟が開かれ、必ず声を掛けてもらった。晩年、小宮山氏の「編集室」として開放されたエディターズミュージアムと信州沖縄塾が講演会などを共催し、お近くでお話を拝聴する機会が増え、氏の心根に文化人としての熱情を感じた。

小宮山エディターズミュージアムには、理論社発足の理念となったノヴァーリスの詩扁額が掛かっていた。

同胞《とも》よ　地は貧しい／われらは豊かな種子《たね》を／蒔《ま》かなければならない

晩年、ご自身も筆を執って『千曲川』４部作を著し、長野県文化人の支柱的存在であった。誕生会の席上、挨拶に現れた上田市の母袋創一市長に、諭すように語りかけていたのが心に残っている。

「近いうちに、首都直下地震と南海トラフ地震に東京が襲われる。この大災害によって、国立国会図書館の蔵書も壊滅的被害を受ける。長野はあの太平洋戦争で、地下壕を掘削し、皇室と大本営を移す計画を進めたくらい岩盤が固い。書籍は文化の要だ。日本の文化を守るために、上田市に第２国立国会図書館の誘致を進めて欲しい」

残念ながら、小宮山氏は95歳で亡くなられた。

日本国の書籍文化の避難先として、第2国立国会図書館を長野県上田市に建設する、小宮山量平氏の夢は、まだ実現には至っていない。

奥様はお元気で、私たちが沖縄に移住してからも年に数回、電話で近況を伝えあっている。

13の章　志縁の絆

語り継ぐ理に沿う情や秋の雨

「志の縁」……。何と素敵な語彙だろうか。優しさと強さを併せ持つ言葉である。

この言葉は、女性解放平和問題の闘いの第一線に常に立ち、私たちを叱咤激励してこられた女性史研究家のもろさわようこさん（一般財団法人「志縁の苑」代表理事）との出会いで耳にし、胸に留まっている。

もろさわさんは、長野県佐久市に生まれ、1951年、市川房江さんが主宰する「日本婦人有権者同盟」本部で機関誌発行に携わり、『婦人展望』の編集者となる。

1969年、『信濃のおんな』（未來社）で毎日出版文化賞受賞。1982年、「自由・自立・連帯」をめざす「歴史を拓くはじめの家（現志縁の苑）」を佐久市望月に開設。1994年に「歴史を拓くはじめの家うちなぁ」（沖縄県南城市）、1998年、「歴史を拓くよみがえりの家」（高知県高知市）を建設された。婦人解放運動、平和運動の地域拠点である3カ所の家は、庶民のカンパによって建てられた。

まさに、もろさわさんが目指す「志縁」の象徴ともいえる。

2005年、信濃毎日新聞社から「信毎賞」も授与され、庶民世界の近代女性史に関する著書多数である。


2023年5月、川崎市の介護施設から次のようなメッセージを発しておられる。

「長生きできたことは有難いことですが、私を見送ってくれるはずだった年下に先に逝かれると、残された寂しさ哀しみがつきません。けれど、信州と沖縄の、志縁の苑（旧歴史を拓くはじめの家）は、ジェンダーと取り組む娘や孫の世代の人たちによって受け継がれ、歴史を拓く新しいうごきが生まれており、未来を楽しみにしております。……」

久しぶりに彼女の近況を知ることができ、お元気で良かったと、胸をなでおろした。

また、8月に発行された源啓美・河原千春編の新著『沖縄ともろさわようこ』（不二出版）が届き、いかにもろさわさんが沖縄に心を寄せていたか、また、彼女の生き方から学んだ人たちが、こんなにも数多く存在することを知らされた。

「お心づかいありがとうございました　もろさわようこ」の直筆の栞が添えられていた。

私ともろさわさんとの出会いは、2007年である。『差別とハンセン病「柊の垣根」は今も』（平凡社新書、2006年）の著者でもある信濃毎日新聞の畑谷史代記者（現論説委員）と一緒に、望月の「歴史を拓くはじめの家」を訪ね、もろさわさん手作りの食事のご相伴にあずかった時にはじまり、その後、1998年、沖縄の「うちなぁ」でお会いしたが、間遠くなってしまった。

私が「月桃の花に寄せて」と題して書いた文章が、信濃毎日新聞の文化欄に掲載された。新聞掲載の翌日、わが家の前に、大型のSUV車が止まり、車を運転していた女性から声を掛けられた。

「伊波敏男さんのお宅はこちらですか?」

わが家は、家を建てるにあたって、二つのコンセプトがあった。

その一つが〝塀〟を作らない、もうひとつが〝門札〟を掛けないである。そのため、目の前の市道から、開け放たれた家の中は丸見えであり、逆に、私たちも、居間の椅子に座ったまま、来客を確認できた。

わが家の駐車場は、車1台のスペースしかないため、車での来客は繁子が足早に庭に出て、「30ｍほど上ると突き当たり、左右に切り替えができる場所がありますので、そこの右側に駐車してください」と、案内する。


その日の客は、日本キリスト教会上田教会の四竃更《しかまこう》牧師（1934〜2004年10月22日）だった。

庭先から巨体を乗り出し手を振りながら大きな声で、

「新聞を読みました。あちこち、聞きまわって、やっとたどりつきました」

四竃牧師は、長野県上小地区（上田市・東御市・長和町・青木村）の市民運動、自民党を除く各政党のインターフェースの役割を果たしている方で、私が沖縄出身ということを知り、訪ねて来られたらしい。

歓談の中で、父が広島市のキリスト教会の牧師で、一家が広島で被爆し、妹さんを原爆で失ったことを話された。

その自己体験からとりわけ、平和問題には力を注いでいると言われた。

毎年、6月23日の慰霊の日に、教会の信者を引率して沖縄を訪問している理由も、被爆した自分が神様から課せられた任だと熱っぽく語られ、初対面から話が弾んだ。

四竈牧師は「信州沖縄塾」の設立呼びかけ人にも参加し、記者会見にも同席された。2004年9月5日の開塾記念講演会には、壇上での挨拶に並び、長野に沖縄問題に特化した組織が生まれたことをことのほか喜ばれた。

しかし、ご自分の大病を、近親者以外には一切口外せず、開塾記念講演会から、たった1カ月後に昇天された。

長野県の平和市民運動にとって、大きな柱が失われた。

もう1人の絆が、竹内茂人さんである。

彼は今、体調がすぐれず自宅静養中で、気がかりは消えないが、どうしてもこの章で取り上げておきたいひとりである。

私が長野に住んだ19年間、社会問題に関わる市民運動で役割を果たせたのは、彼の支えのお陰である。

「動けば動く」は、私の友人の藪本（増田）雅子さん（元日本テレビアナウンサー）の名言であるが、竹内さんはこの言葉の体現者だと思う。

彼は元国鉄のエリート電車運転士で、国鉄労働者の不当配属にも仲間を裏切らず、闘いに加わり、組合の書記長として長野地方労働委員会で意見陳述し、救済命令を勝ちとった。しかし国鉄は、不当にも彼を電車運転士から排除し、小諸駅に配属した。

竹内さんは財政的に行き詰まった私立本州大学（現公立長野大学）を再建・支援するために1972年に開講した、市民による「市民大学」の事務方を支えた一人である。また、戦時の性暴力を裁く2000年の「女性国際戦犯法廷」の開催にも尽力した。

2001年、長野県の労働運動の争議を支え、人権弁護士と称されている佐藤芳嗣《さとうよしつぐ》弁護士（1950～2023年）の事務所に就職した。

「信州安保法制違憲訴訟」では、佐藤弁護士は弁護団長を務め、竹内さんは同事務所で佐藤弁護士を支えつづけた。私も原告に加わり、長野地裁第1回法廷で意見陳述をした。

佐藤弁護士は2023年、悪性リンパ腫によって73歳の若さで早世された。

竹内さんとは、2002年、ハンセン病問題の講演会で、はじめてお会いした。

その後、「信州沖縄塾」、改組された「NPO法人クリオン虹の基金」事務局長の大役を務めてくれることになる。

2004年7月、わが家に横田雄一弁護士と竹内さんが訪ねて来た。そして、横田弁護士から、次のような提案があった。

「伊波さん、長野で沖縄問題を学ぶ組織を立ち上げましょう。伊波さんから、この指止まれで、呼びかけてください」

8月5日、長野県庁で記者会見を開き、「信州沖縄塾」の立ち上げを発表した。呼びかけ人は、親里千津子（沖縄戦の語り部）、四竈更（牧師）、横田雄一（弁護士）、表秀孝（大学教授）、岡嵜啓子（塾経営者）、川田龍平（大学講師・現参議院議員）、塾長の私を含めて7人。事務局を竹内さんが担当した。

信州沖縄塾への入塾のお誘いは次のような短いメッセージで呼びかけた。

あなたは「この国」の歴史と現状に異議を唱える人ですか？

あなたは「この国」の進路に危機感を持つ人ですか？

あなたは連帯して「この国」を変革することに賛意を持つ人ですか？

あなたは平和を守るために、自分ができることを捜している人ですか？

【目標】

私は、沖縄の歴史と現状、文化を学びます。

私は、学んだことを糧にして、信州とこの国を検証します。

私は、それぞれの立場で行動します。

※年会費一般　２０００円　学生　１０００円です。

その目標に賛同する人たちによって塾は動き始め、塾生は２００人を超えるまでになった。

９月５日、開塾記念講演会が開かれた。

招いた講師の真喜志好一氏（建築家）は、「沖縄はもうだまされない」の演題で、強い口調で聴衆に呼びかけられた。真喜志氏はアメリカ国防省のホームページにアクセスし、まだ、大手新聞のどの紙も触れていない「オスプレイ」が、沖縄に配備予定であることを語った。この講演会に参加した長野県民は、いち早く「オスプレイ」という存在を知ったことになる。

この講演会のチラシには、今は亡き評論家岡部伊都子さんの詩が掲げられていた。岡部さんは開塾を喜ばれ、封書に「野の花」と記した浄財まで届けられた。

こどもらを　売ったらあかん
まごころを　売ったらあかん
こころざしを　売ったらあかん
大自然を　売ったらあかん

開塾間もない10月。

辺野古の新基地建設に反対する「ヘリ基地反対協議会」から緊急カンパの呼びかけがあり、カヌー1艘の購入費を送り、信州沖縄塾のロゴ入りのカヌーが、辺野古の海に漕ぎ出した。

15年間に、沖縄からお招きした各界からの講師は26人にのぼり、沖縄地方紙の東京支社長から、「これだけの論客を沖縄で揃えるのも難しいのに、よくぞ長野へ呼べましたね」と、驚かれた。

15年間の活動を振り返ると、塾主催による沖縄ツアーが4回、塾生自身の自主講座11回と講座集の発行、塾報発行数16号、沖縄芸能公演を3回、沖縄家庭料理教室を2回、映画自主上映会2回、沖縄フェアと「沖縄映像祭　ｉｎ ＵＥＤＡ」を2日間開催した。

また、特記しておきたいのは、信濃毎日新聞紙上に辺野古の新基地建設に反対する意見広告「この豊かな海を戦争のための基地にさせない」への賛同を大人１０００円、高齢者・子ども１００円で公募したところ、賛同者が４３６６人（記名者３８０５人、社会的立場や政党所属等を考慮しての匿名賛同者５６１人）にものぼり、２０１０年10月10日に全面広告が掲載された。翌11日、12日と1段ではあったが、追加の賛同者名が掲載された。

「辺野古新基地建設」に反対する長野県人の関心の高さに驚かされた。

しかし、信州沖縄塾は塾長の沖縄移住と運営委員の高齢化によって、長野県民各界から惜しまれながら閉塾が決まった。

２０１９年２月16日の閉塾記念講演会には、２６０人が押し掛け、沖縄から招いた玉城愛さん（琉球大学大学院生）が、若い視点から、今日の沖縄問題へ提言した。

私のもうひとつの重要な社会的活動である「ＮＰＯ法人クリオン虹の基金」の事務局長は、竹内さんから、弓場《ゆば》法《あきら》さん（公認会計士・税理士）にバトンタッチされた。

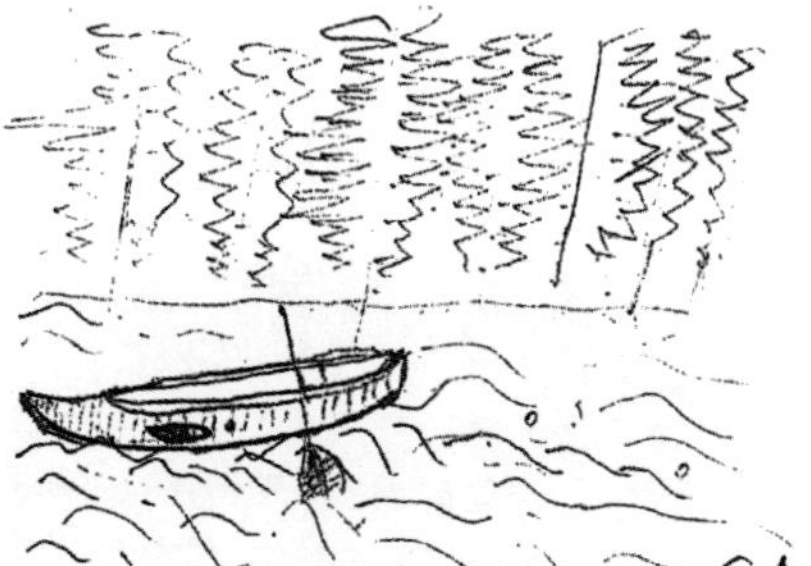
S.A

14の章　樹木葬

侘助を一枝添えし回覧紙

わが故郷の沖縄では、墓を中心に親族が強く結ばれている。かつては墓といえば、親族が同じ亀甲墓や掘抜墓に入るものだったが、時代の流れで共同墓地で新しい墓を購入する人たちも多くなった。しかし、墓に親族が集まって行う清明祭（シーミー）や盆行事は、まだまだ、沖縄の精神文化の中心にある。

具志堅隆松さんは25年以上、ボランティアで沖縄戦没者の遺骨を掘り続け、自らを「ガマ（洞窟）を掘る人＝ガマフヤー」と称している。沖縄戦の戦没者は日米合わせて20万人を超える。しかし、今、尚、戦没者の遺骨は、戦場における避難場所であるガマや岩陰に眠っている。

彼は、その遺骨や遺物を掘り出し、家族の元に返す取り組みをしている。

「死」「死体」「遺骨」に直面したとき、どんな向き合い方を自分たちはするのだろうかと、繁子と話したことがある。

「私は、死んだら、遺灰は海に流してもいいよ」と言うと、

「おじさん、海への散灰・散骨も、そんなに簡単ではないらしいよ」と言われた。

調べてみると、現在、散骨に関する法律や規定はないらしいが、海への散灰・散骨は、海洋散骨業者によって行われ、個人の貸し切り散骨の費用の相場は、大体40万円ほどらしい。海や山への散灰・散骨は、「火葬許可証」「埋葬許可証」「改葬許可証」の手続きが必要で、その上、粉骨が絶対条件となるという。

散骨はトラブルを避けるために、条例や指針を設けている自治体もある。

――それはそうだろうな。観光地や海水浴場で、所かまわず遺灰をばらまかれたら、たまったものではない――

日本海洋散骨協会という団体もあり、その団体のガイドラインによると、散骨場所は、

岸から遠く離れたエリアとしているという。

「海への遺灰散灰も、そう簡単ではないし、情緒的に考えるだけでは、ダメらしいよ」と、調べた散灰について話すと、

「ねー、ここ見てー」と、繁子が新聞記事を指し示した。

「樹木葬」に関するルポ記事だった。

「ドライブを兼ねて、訪ねてみようか」

晩秋の行楽時期、長野市から白馬村へ向かう国道406号線は結構混んでいた。

途中の鬼無里《きなさ》からしばらく走ると、おやきの老舗「いろは堂」があり、こんな遠い地の、それも、長野県では特段珍しくない〝おやき〟を求めて、観光客は押しかけて来ていた。

私たちも仲間入りをして、昼食をとった。

その先には湯治場となっている「鬼無里の湯」があり、駐車場は満車状態であった。

そこから、曲がりくねった紅葉満艦飾の山道が続き、途中の短いトンネルを抜けると、突然、目を見張る絶景が飛び込んできた。北アルプスの山脈が聳えていたのである。

正面には山頂部にうっすらと雪をかぶった3000メートル級の鹿島槍ヶ岳、五竜岳、唐松岳、白馬三山がドーンと壁のようにそびえたって見える。白馬岳だけは残念ながら、手前の樹木の枝に隠れていた。

山道を下り、国道148号線に入る。

松本と糸魚川を結ぶ大糸線の南神城駅方向へ車を走らせ、ナビに従い右折し小道に入り、線路を横断すると、目の前に、曹洞宗祥雲山貞麟寺（長野県北安曇郡白馬村大字神城沢渡）の案内板があった。杉並木を抜けたところに、私たちが探し求める寺があった。

車を降りて境内を歩くと、樹齢400年のしだれ桜が、すっかり葉は落としているが、威風堂々の樹容を見せ、脇の掲示板には、白馬村の天然記念物と紹介されていた。

本堂の裏手に、山の木々を背にした広い土地があって、檀徒さんの墓石が整然と立ち並んでいる。

庫裡《くり》の方丈（住職）さんを訪ね、新聞を見て来たことを伝え、樹木葬の説明と、その場所の案内をお願いした。

本堂前の右手側は、なだらかな小高い丘になっており、すでに、数カ所、樹木が植栽されていた。

「あの花木が植栽されている所が、購入者の樹木葬地ですか？」

「そうです」

――木々の丈がそれほどないところからすると、樹木葬地の売り出しから、間もないことが伺えた――

「あの樹木の周囲が、それぞれの樹木葬地ですか」

「そうです。その樹木に囲まれた周辺地が購入者の専有地となりますが、特に、登記図上の線引きはありません」

「自分たちで、希望する場所を選べるのですか？」

「ええ、まだ、申し込みは始まったばかりですし、ご覧のように、空き地は、たくさんありますから、どうぞ、どこでも選べます」

樹木葬地を方丈さんの案内で散策していると、3人の園芸業者から挨拶を受けた。案内を受けている丘陵周辺部がきれいに管理されているのは、専門の園芸業者が管理していることによって保たれているのが伺えた。

「もし、選ばれるなら、この辺りはどうでしょうか。見晴らしもいいし……」

勧められた所は、中央部の少し小高い所だった。

「おじさんどう？　私は、ここでいいです」

繁子は気に入った様子で答えた。

「それでは、ここを仮地に確保しましょう。ご家族はお2人ですか？」

「あのー、動物はダメでしょうか？　3年前に飼い犬が死に、今、遺骨は家の戸棚で祭っております」

「ええ、いいですよ。ワンちゃんもご家族ですから、ご一緒にどうぞ。お預かりさせていただいたご遺骨は、永代供養として、私たちがお護りいたします」

上田に転居した2000年に、長野県立「動物愛護センターハローアニマル」にいた保護犬の雑種柴の子犬が家族になった。その雌犬アイは2013年に死ぬまでわが家の中心的存在であった。

方丈さんは、

「それでは、説明書と契約書をお渡しします。ただし、墓標は俗名表示となります。ご希望の樹木は園芸業者が指定地に植栽します。選ばれた樹木代は、園芸業者さんに別払いとなります」

――私はツバキ科の落葉樹「沙羅《シャラ》」別名の「夏椿」を、繁子は紫陽花の種類の「紅あじさい」――を指定して、契約は終了した。

翌年の春、貞麟寺を訪ねると、夏椿と紫陽花に挟まれ、小ぶりの縦書きの石彫碑が据えられていた。

伊波敏男　アイ　伊波繁子

石彫碑に三つの名前が彫り込まれていた。

横40㎝、縦30㎝、深さ30㎝のコンクリート製の納骨箱が蓋付きで埋め込まれていた。

私たちは、いつの日か、長野県北白馬村大字神城に還ってくるのだなー……。

15の章　介護認定員

草笛を吹きし者あり宵のうち

70歳を越すと、少しずつ自らの身体機能のコントロールに不具合が生じてくる。

最初に「アレッ‼」と気づいたのは、テレビの「運動機能チェック」に誘導されたときである。

目をつむり、片足立ちをすると、どうしてもバランスが取れないのである。

私が自らの「老い」を、認識したのは、この時からである。


最新の人口動態統計資料によれば、2022年の高齢者の総人口に占める割合は29・1％と世界で最も高く、75歳以上の後期高齢者は15・5％に上るという。

私も2018年に、その仲間入りを果たした。

誰もが「死」を公平に迎える。

私は類まれなハンセン病を少年期に発症し、ハンセン病療養所の強制隔離を14歳から26

歳まで経験し、後遺症により、二種二級の身体障がい者となった。

私の人生を振り返ると、波乱万丈の連続だった。

少しばかり自らの人生を、気負って口にすれば、

「病が、私に特別な人生を歩かせた」と、思うこともあるが、「ＩＦ？」の夢想は、時折、頭をもたげる。

２０１２年、65歳になった私に、介護保険加入者であることを証明する「介護保険被保険者証」が送られてきた。

そしていよいよ、高齢者の本舞台である75歳を機に介護保険サービスの対象者となった。上田市役所に出向き「要介護・要支援認定申請書」を提出した。

間もなく電話がかかってきた。

「もしもし、伊波敏男さんですか。私、高齢者介護認定調査員の田口と申します。要介護・

要支援認定申請書を受けましたので、明後日14日の午前10時頃、ご自宅にお伺いしたいのですが、ご都合はいかがでしょうか？」

友人との会話で、明日、介護認定調査員の来訪があると話すと、――伊波さんは、手足にこんなに障がいがありながら、いろいろ工夫して、驚くほど上手に不自由さを克服している。質問事項には、「できません」、「苦労します」との回答を多くしないと、介護認定度が低く評価されてしまう――との、浅知恵のアドバイスを受けていた。

来訪ベルが鳴り、玄関先で認定調査員の田口さんと初対面の挨拶を交わし、居間に招き、お茶をすすめた。

「ずいぶん閑静な場所ですね」

「裏のお宅と、丘の上にひとり住まいのご婦人が居られるだけで、車の往来は日に数台と郵便配達のバイクが通るだけです」と、繁子が答えた。

「それでは、早速ですが、奥さんにも同席いただき、いろいろお伺いします」

49年前の、東京コロニー施設に入所する時のケースワーカーとの面接風景を思い出しながら答えた。

「お名前をお伺いします」

「伊波敏男です」

「生年月日を教えてください」

「1943年3月14日です」

「今日の日付を教えてください」

「4月14日です」

「介護認定のチェック項目には、①身体機能・起居動作、②生活機能、③認知機能、④精神・行動障害、⑤社会生活への適応、などがあります。まず、身体機能の状態からお聞きします。お休みはどこの部屋でなさいますか?」

「2階が寝室と仕事場で、ベッドで寝起きしています」

「朝の起床時間は決まっていますか?」

「大体、5時には目覚めてパソコンを起動させ、2階から下りてきます」

「パソコンの起動ですか、お仕事はどんなことを？」

「著述業です。ほとんど終日、パソコンと向かい合っています」

「大変なお仕事ですねー。著作物もお持ちですか？」

「ええ、何冊か」

「就寝や起床時には、奥様の手助けを受けていますか？」

「いや、必要はありません。階段の上り下りも不自由なくできますから」

「伊波さんは、二種二級の障害者手帳を持ちですね」

「はい。ハンセン病の後遺症による障がい認定です」

「ハンセン病の回復者ですか、大変なご病気に罹患《りかん》されたのですね。では、両手機能をチェックします。私の手を、両手で握ってみてください。……あー、握る力は、結構ありますねー」

「でも、この両指では、細かい小さな物はつまめません。この両手と左足は、12回整形手術を受け、日常生活はどうにか、こなせるようになりました」

「12回も手術をなさったのですか？ 良くがんばりましたねー」

「それからですねー、付け加えますと、私の両手は肘から指先まで、足は左足の膝から下に知覚まひがあります。そのため、熱い、冷たい、触れる温もりなどの知覚は皆無です」

認定調査員は、身体図上に、いろいろ書き込みをしている。

「では、次の質問です。座ったり、立ち上がったりした時の手助けは必要ですか？」

「その助力は、必要ありません」

「衣服と靴下などの着脱はすべて、ご自分で、できますか？」

「えー、できます。でも、ボタン掛けは、自助具を使います」

「尿意や排便時に不具合は生じますか？」

「尿意は普通にあります。お漏らしすることはありません」

「お食事は、お箸ですか？」

「いや、フォークとスプーンを使います」

「奥さんにお聞きします。旦那さんの排せつやお風呂の介助は、必要ですか？」

「いや、何の手助けも必要ありません。すべて自分でやっています」

「金銭の管理はどなたがしていますか？」

「それぞれでしています」

「それでは、最後の質問です。過去2週間以内で医療のお世話になりましたか？」

「いや、ありません。1カ月に1回、近くの診療所に、薬の処方のために診療を受けております」

「今、服薬なされているお薬はありますか？」

「ちょっとお待ちください。手元のノートに薬名を控えていますから、……。えーと、毎朝、アムロジピンOD錠2・5㎎とバルサルタン錠40㎎です」

「お薬の管理はどなたがなさっていますか？」

「自分です」

「いろいろ質問に答えていただき、ありがとうございました。来月、介護認定審査会が開かれます。私からの報告に基づき審査されます。申請いただいた日から30日以内に、認定結果の通知と認定結果が記載された被保険者証が、ご自宅に届けられるようになります」

認定調査員の質問と受け答えは、正午少し前に終わった。

届いた介護保険被保険者証には「要支援2」と記されていた。

16の章　直進？ 右折？ 左折？ それとも！

誰を呼ぶか星流れおり青葉菟《あおばづく》

繁子の実家の近くに住む幼馴染の夫妻が、12月から翌年3月まで、沖縄石垣島のウィークリーマンションで暮らすと報告に来た。
「いいわねー、冬の寒さと雪掻きは、もう、こりごり！」
「繁子さん達も、そうしなさいよ、ぜひ！」

ここでは豪雪地帯の新潟や秋田と違い、屋根からの雪下ろしをするほどは積もらない。それでも冬は何度か降雪があり、積もった雪が景色を白一面に塗りかえる。

それが10㎝を超える降雪になると、自治会長から各組長に連絡があり、組長に代々引き継がれた年季の入ったハンドベルが鳴り響く。それを合図に隣近所で声を掛け合い、自宅周辺の通学路の除雪作業が行われる。県道と市道は行政の役割だ。降雪量が少ないこの塩田平でも、除雪は高齢者にとっては大変な冬の役務である。

退職前の教師たちから「退職後は上田市に住みたい」という言葉をよく耳にする。それは、南北21km、東西123・6kmにおよぶ地域を転勤してきた彼らにとって雪かきの労が少ない地であることも理由のひとつである。

そんな上田市でも、年十数回ほどの雪かきは免れない。

天気予報の降雪情報を耳にすると、繁子はテレビの天気予報とにらめっこだ。雪が降ると、早朝3時か4時には起き、ひとり黙々と除雪作業を始める。


そのような作業が続いた日には、決まって、こんな言葉を口にする。

「私たちも、冬は沖縄で暮らせるように考えてよ！」

歳を重ねるにつれて、この言葉が多く聞かれるようになった。


2018年7月1日。35℃を超す暑い夏が始まっていた。

その日は日曜日で、NHKEテレの「猫のしっぽ　カエルの手」～京都大原ベニシアの手づくり暮らし～「夏の訪れ」を、繁子と一緒に見ていた。

突然、繁子が、大慌てでトイレに駆け込んだ。

間もなくその番組も終わろうとしているのに、まだ、トイレから出て来る気配がなかった。

流石に心配になり、トイレのドアをノックした。

「おい、どうした？」

返事がない。

大声で「大丈夫か？」と、問い掛けると、絶え入るような声が返ってきた。

「だ・い・じ・ょ・う・ぶ……」


それから、１週間後であった。

繁子は地域の障がい者施設の評議員会に出かけていたが、会議終了後、また、同じ症状が出て、施設看護室でしばらく休ませてもらい、青白い顔で帰宅してきた。

その1時間後、繁子は、また、トイレに駆け込んだ。

トイレから、「ゲー、ゲー」と

嘔吐の声が聞こえてきた。

トイレのドアを開けると、便器を抱え込み、座り込んでいる繁子が、そこにいた……。

これは尋常ではない!!

「病院に行こうか?」

「……ウゥーン…。少し休めば……。大丈夫、お布団敷いてくれる」

「分かった」

トイレから部屋まで連れ出した。――私は、繁子の脇に手を入れ、歩行の手助けをし、繁子の布団を敷くのも、はじめてのことだった。

寝かしつけ、〝水を飲むか〟と聞くと、かぶりを振り、体を弱々しく横向きにした。後、何をどうするのか思い浮かばない。右往左往の中で、やっと洗面器とタオルを、寝ている繁子の横に持ち込むのが、精一杯だった。

翌日、繁子は病院へ1人で出かけた。

〝メニエール病〟発症の診断だった。はじめて耳にする病名だった。

あわてて、インターネットで検索してみた。

「体の平衡感覚をつかさどる耳の奥の〝内耳〟にリンパ液が過剰にたまる〝内リンパ水腫〟によって起こる。症状として、ぐるぐる目がまわるような〝回転性めまい〟〝耳鳴り〟〝難聴〟〝吐き気〟に襲われる。完治は極めてむずかしい難病」と、記されていた。

この情報を目にして、突然、私は恐怖に近い思いに襲われた。

これまで、繁子が介護状況に陥ったら……などと、考えたことは一度もなかった。

万が一……。繁子が、私より先に倒れたら……。

「寒い冬だけでも沖縄で」と、口にしていた繁子の言葉が、頭を過《よぎ》った。

あるいは、一時的に逃れるだけでは済まされないのかも……。

夫婦2人きり、塩田平の自然の中で静かに流れる安穏な日々。これまでの無意識の想念では、4歳年上で、おまけに手足に障がいがある私は、終の棲家の上田のここで、妻の介護と行政のヘルパーの援けを借りながら、終末を迎える……。

あいまいな根拠を基に、おぼろげな終末を描いていた。

繁子と私の立場は、このまま続くことはあっても、逆になることなど、考えたことはなかった。

待てよ！ このシナリオは、あるいは、違うかも知れない。

繁子が私より先に介護の対象となり、私が介護の手助けをする。

2人の老後の介護問題、これは、生半可に立ち向かえる問題ではないな。

もし…、繁子が先に寝込むようになれば、どうする。敏男よ？

極めて悩ましい問題が、私の前に立ちふさがってきた。

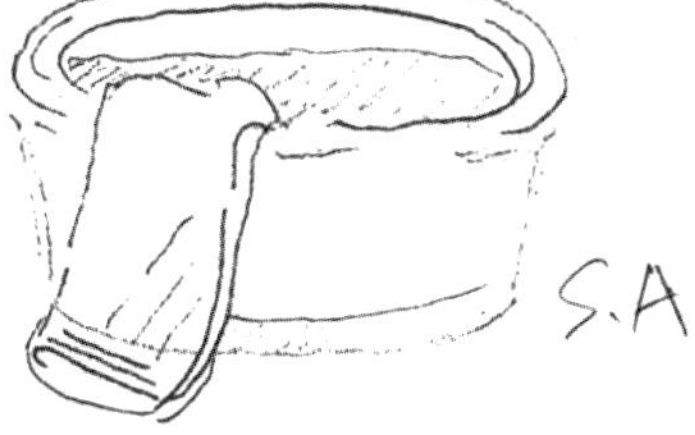
S.A

17の章　操舵手の私

雨を受け人待ち顔の沙羅の花

地球の気候変動、新型コロナ、領土や宗教をめぐる戦乱が、至るところで起こり、政治の世界では欧米諸国とロシアの分断＝ブロック化、経済では中国経済圏とアメリカ経済圏＝ブロック化が、ロシアのウクライナ侵略によってますます鮮明になってきた。わが国はこの中で主体性を失い、アメリカのＹｅｓ Ｍａｎになりつつある。

グローバル経済は、世界中に富をもたらすと、盛んに言われてきたが、現実には、飢餓に直面する国、富む者と貧しき者の格差がますます広がっている。世界の至る処で銃火や飢餓により人間の命が奪われている。

国が平和であれば、その国の高齢化は進む。言い換えれば、長寿社会は平和のもうひとつのバロメーターともいえる。

わが国の高齢者問題に触れると、２０１７年のわが国の65～74歳の人口は１７６７万人、総人口比13・９％を占め、75歳以上は１７４８万人、構成比率では13・８％になる。

国立社会保障・人口問題研究所の推計によれば、２０４０年に65歳以上の人が総人口に占める比率は35・３％となる。内閣府の「２０１７年版高齢社会白書」を見ると、65歳以上のおひとりさま人口は、２０１０年の４９８万世帯から２０１５年には８９６万世帯にまで増加し、子どもと同居する65歳以上の割合は、２００１年の48・４％から２０１７年に37・６％まで減少すると予測している。また、認知症発症は、２０６０年には65歳以上の10人に１人、８００万～１２００万人と予測されている。

わが国の総人口は２００８年をピークに減少の一途をたどり、東京・大阪・名古屋の三大都市圏に総人口の３分の１が集中し、地方は過疎化し、高齢者が地方に取り残されている。この少子化と高齢化社会と地方の過疎化の到来は、高齢夫婦世帯、高齢者のおひとりさま世帯の増大を意味する。老後の介護問題に関して、訪問看護と訪問医診療を活用し、子どもや肉親が自宅で介護し、終末を自宅で迎えさせるという「未来図」は、今や、ほとんど描けなくなっている。

時折、「自宅で終末」のドキュメンタリー番組を目にする。「本人の希望」「看護する側の自己犠牲」「訪問診療」「訪問介護」が、うまく結び合っている姿を映し出している。これは世間一般の状況ではなく、「成功事例」が特別だからこそ、ドキュメンタリー番組の対象になるのであろう。


さて、私たち夫婦はどうするのか？

夫婦２人家族で、子どもはいない。「介護」問題の分類では、「老々介護」の対象となる。

80歳を目前にした身体障がい者２級の私、間もなく後期高齢者の仲間入りをし、メニエール病を発症した妻。

私たちは、これから迫ってくる老後と、どのように向き合えばいいのか？……。

さて、さて、どうすれば？……。

〝寒い冬は、沖縄で〟との繁子の思いに応えるには、どうすれば良いか。

２０１８年、私は動き出した。

私には、老後の介護施設を選ぶ基準について、ひとつの持論があった。

自分が後期高齢者になる前に、近隣の高齢者施設を見学し、自分の目で施設の環境や介護サービスの様子を見聞きし、これから迎える介護や医療について、伴侶や家族としっかり話し合い、共通認識をもつことである。

退職後、持て余した時間を高齢者仲間でゲートボールやお茶に集うのもいいが、連れ立って近隣の介護施設めぐりをなさるのはどうだろうか……。

ほとんどのケースで見られるのは、介護を必要とする事態に直面して、家族があわてて行政や病院の窓口に相談に駆けつけるパターンである。そして、ケアマネージャーが、入所可能な施設探しを始めるが、大体において、「待機者番号〇番目で、もうしばらくお待ちください」との答えが返って来て、家族はオロオロするばかりである。

そして、入所施設が決まると、家族は胸を撫でおろす。しかし、本人が希望していた施設に入所できることは、ほとんどない。

私は、幸いなことには、繁子が口にしていた、〝冬は暖かい処〟の要望に応えられそうな好条件があった。

それは、私の故郷は沖縄であり、〝冬も暖かい〟。また、その地には、沖縄の介護施設情報に精通している元同僚の仲宗根功さんがいた。そして、彼は今、社会福祉施設の現役職員であった。

早速、彼に情報収集をお願いした。

「伊波さん、定住地探しですか？　それとも、別荘ですか？」

「いやー、私たち2人とも、後期高齢期を迎えるから、有料老人ホームを中心に情報が欲しい。忙しいだろうが、よろしく頼む」

彼の調査情報は詳細にわたり、経営主体の財政基盤、施設サービスの質、施設の立地環境、入居支度金、月々の施設利用料、そして、私が特に貴重な資料提供と見たのは、退去者の情報だった。入居前の説明と実際のサービスの乖離《かいり》が退去の誘因となる。その実態が見られるからである。

私が仲宗根さんを通じて情報集めをしていることは、彼が勤めている社会福祉法人沖縄コロニーの金城康博理事長の耳に入った。

金城理事長から電話が入った。

「伊波さん、水臭いなー。どうして、私に相談をしてくれないのか！」

「あなたの意見を聞くのは、早いと思ったのだ。まだ、先の話だから……」。

「近々、沖縄に来る予定はあるのか？」

「うん、8月の旧盆に帰る予定がある。今帰仁の墓を近くに移したので、新しい墓参りもしたい……」

「奥さんも一緒か？」

「一緒だ」

「ちょうどいい。それなら、一緒に、コロニーに寄る予定を作ってよ。寄れる日が決まったら、連絡をくれよ。昼ご飯を一緒に。その日は10時頃まで来てよ」

「分かった」


私と金城理事長は、1981年から37年続く関係だ。

沖縄コロニーは、社団法人ゼンコロの加盟組織でもあり、私が東京コロニー在任中、障がい者福祉・事業の経営理念などで、肝胆相照らす仲で、良く意見を交わしていた。

経営に対する彼の大胆かつ緻密な立ち向かい方に触れ、自分が立ち遅れていることを痛感させられていた。

私は1996年、自分の経営能力の限界を知り、社会福祉の世界から著述の世界に転身したが、退職後も、法人の常務理事に就任した彼の獅子奮迅の活躍は耳にしていた。

経営基盤の安定を図りながら、次々と施設の拡大・人材の育成を進める彼の能力には感服するばかりであった。

繁子と一緒に沖縄コロニーの金城理事長を訪ねた。

彼は若い時からそうであったが、身なりには頓着がなく、今も変わりはなかった。初対面の訪問客なら、施設内ですれ違っても、彼の風采から従業員と見まちがい、応接室で名刺交換して、はじめて理事長の彼を知ることになるだろう。

21年ぶりの邂逅《かいこう》だったが、時間は一気に巻き戻された。

どうしても福祉関係の話題から始まる。私からの質問に答える彼の話は、自信に満ち溢れていた。

「沖縄コロニーのこれまでの障がい者福祉中心の法人経営を、老人福祉を主軸に変え、併せて、障がい児童の放課後等デイサービスのサテライト化、就学前発達障がい児支援事業など、子どもから高齢者までの全分野への事業の展開をしている」

「これほどいろいろな事業に手を広げて、財政基盤は大丈夫か？」

「大丈夫!! コンクリート建造物の耐用年数は47年と決められているが、その前に付属設備等に問題が起こる。高温多湿の沖縄ではコンクリートのひび割れから漏水などが起こり、建物の安全期間を見ると、30年と予測するのが万全だ。そのため、現施設近接地に、その建て替え用地も確保している。後に法人経営をする人たちに安心して引き継げるようにしている。私も介護が必要になったら、これから案内する『ケアハウスありあけの里』に入居するつもりだ」

彼は以前から、経営基盤の安定と将来への備えを、口ぐせのように語っていたが、その実態を見せつけられた思いがした。

これほどまでとは……。ただ、ただ、感服するばかりであった。

「伊波さんが、山城永盛理事長時代に訪ねて来たのは、35、6年前だよねー。その頃あった2カ所の障がい者施設と特別養護老人ホームは、すべて数年前に建て替えた」

「今、経営している施設種類と施設数は、一体、どのぐらいあるのだ？」

彼の口から聞く、施設規模は以下の通りであった。

【障がい者福祉施設】就労継続支援事業所／障害者支援施設「沖縄コロニーセンター」、障害者支援施設「コロニーワークショップ沖縄」

【老人福祉施設】特別養護老人ホーム「ありあけの里」、特別養護老人ホーム「第2ありあけの里」、軽費老人ホーム「ケアハウスありあけの里」

【通所・短期利用施設】「通所介護事業所ゆいぽーと」「ありあけの里短期入所生活介護事業所」「ありあけの里指定居宅介護支援事業所」

【障がい児施設】11カ所の「放課後等デイサービス業（就学児）」、8カ所の「児童発達支援事業（未就学）」

これら全施設の利用者の健康管理は、息子さんの金城聡彦《あきひこ》医師が院長を務める医療法人五色会「かじまやークリニック」が見ているという。

従業員はパートも含めると548人。大所帯の法人である。

「伊波さん、今から、あなた達2人に利用してもらいたい『ケアハウスありあけの里』を案内するよ」

「えっ！……」

全く予期していなかった展開が、足早に迫ってきた。

車を降りると、小高い丘に、コンクリートの高い建造物が立ち並んでいた。

「伊波さん、1981年の山城理事長時代にあなたが来た時は、森の中に障がい者の陶芸作業所と特別養護老人ホームがあるだけの環境だったが、その頃の風景はすっかり姿が変わり、今は住宅密集地になってしまった。あの時の『特別養護老人ホーム』を建て替えたのが後方の4階建ての建物。その上の右手にある建物が、息子の聡彦が診療所長をしている『かじまやークリニック』だ」

玄関先にはありあけの里の當山施設長が出迎えてくれていた。

「伊波さん、お久しぶりです。お元気そうですね」

當山さんとは私が東京コロニー在職中、全国授産協議会が運営する授産施設「パレット」に、沖縄コロニーから出向している時に面識があった。

「當山施設長にケアハウスを案内してもらう。施設長、よろしく」

※授産施設　現在は社会就労センター・ＳＥＬＰと名称が変更され、働く意欲がありながら、障がい等の理由で一般就労が困難な人たちが働く就労施設である。全国社会就労センターには１４００施設が、全国社会就労センター協議会（略称セルプ協）に加盟し活動している。社会福祉施設で唯一事業活動を営んでいる。私は以前の授産施設名称時代、この組織のＣＩ戦略に携わり、その時の提案の〝ＳＥＬＰ〟の名称が今も使用されているのは感慨深い。當山施設長は、授産協時代の関係者であった。

理事長
S.A

18の章　あれよ！ あれよ！

早春や未だ暁光束ならず

「早速ですが、ケアハウスありあけの里の説明をします。この施設は4階建てになっております。1階が職員用駐車場と厨房施設、2階に部屋が18室あり、児童支援施設が併設されております。

元気な声が聞こえていますが、あれは子どもたちの声です。今、ここが3階で、事務室と看護職員室、面会スペースがあり、部屋数は14室。4階に18室と事務室があり、各階への移動は2基のエレベーターが稼動しています。

各階の中央部に食堂とリビング、介護職員室、機能訓練室と浴室があり、入居者は週2回の入浴サービスを受けられます。施設入所定員は50人です。この施設の入居条件は、原則65歳以上の自立、要支援者が利用できる軽費老人ホームと呼ばれる老人施設です。ただし、施設利用料は少々高い設定になっていますが、その他の費用徴収はありません。医療費や医薬費は個人負担となります。それでは、4階へご案内します」

4階までエレベーターで移動した。

「ずいぶん廊下のスペースが広いですね」

「ええ、3・2mと広く設計されています」

4階突き当りの居室前に案内された。

「この階には、17号室と18号室だけ、夫婦用コネクティングルームになっており、ドアはありますが、お互い自由に部屋への出入りはできるようになっています」

「居室を見せていただくことはできますか?」

「ええ、入居者は今、食事中です。ご本人の了解をもらっていますから、どうぞ」

部屋はビジネスホテルのシングルより少し広めに見えた。

「居室スペースはどのぐらいありますか?」

「床面積は、シャワー・トイレ・入居スペース合計で24㎡です。お湯は24時間出ますので、自室でのシャワー利用はいつでもできます。もし、伊波さんご夫妻が入居を申し込むようになれば、ここ北端の17号室と18号室の夫婦用コネクティングルームを利用できるようにします」

すでに、私たちが入居を決めているかのような説明に苦笑を禁じ得なかった。

當山施設長の施設案内が終わったところで、金城理事長から声が掛けられた。

「昼食を一緒にと言ったのは、ここの施設の給食を食べてもらおうと思って、時間設定をしたのだ」

理事長の案内で3階の面会ルームに向かうと、テーブルには3人分の昼食が、すでに用意されていた。

「この施設の給食は、沖縄県の福祉施設献立コンテストで表彰されている自慢の食事だ。すべて1階の厨房で料理されている。歳を重ねると、食べる楽しみが第一だから、施設方針として、食事の献立には一番力を入れている」

食事は、ご飯、みそ汁、小鉢のサラダ。ランチプレートには4品が区分けされ、デザートもあり、私のプレートの茶碗は持ち手付き、フォークとスプーンが乗っていた。

見栄えも良いし、味も自慢するだけの昼食だった。

長野に帰った2日後、金城理事長から電話が来た。

「ケアハウスありあけの里を見学した感想は、どうだった？」

「いいねー、すばらしい」

「ところで、いつから来る？」

「えっ！……」

まだ、いつ、どうするかも決めていないところへの問いに、私は返事に窮した。

「あなたたちが、ケアハウスに入居するかも知れないと、みんなに話すと、喜んでいたよ」

彼は、以前からそうだったが、仕事の進め方はフルスピードだったが……。

「そう簡単には決められないよ。長野では多くの市民運動に関わっているし、大学の客員教授の職務もある。それに、来年長野で開催予定の『ハンセン病市民学会』の開催地実行委員長の役務もあるし、すぐには……」

外堀は次第に、埋められつつあった。

そのこともあり、「信州沖縄塾」の役員会で、つい、―― 来年、沖縄に移住するかも……―― と、口を滑らしてしまった。口に出した言葉はもどらない ――

あれよ　あれよと……。

〝伊波さんが沖縄に移住！〟の情報が駆け巡った。

新聞記者・教育関係者・市民運動関係者・友人や知人たちからの問い合わせがつづいた。


本来なら、この急な展開に、繁子が一番とまどっているはずだが、このような状況にも、不安や不満を一切、口にしなかった。

こうなると、一刻も早く私の決断をはっきりさせなければと、自分自身が追い込まれてしまった。

２０１９年末には、一緒にケアハウスありあけの里に入居しよう！と、繁子に伝えた。

その決断を、受け入れ施設の沖縄コロニー、沖縄と長野の家族、そして、長野の市民運動関係者に伝えた。

自宅は義弟に管理を任せ、保野自治会には別荘扱いの届けを出して、19年間の充実した長野生活を切り上げることにした。


さあ、いよいよ、ケアハウスありあけの里入居のための事前準備である。

まず、浦添市在住の甥宅気付で、2人の住民票の移動手続きをした。市町村をまたぐため、上田市で転出届をもらい、浦添市役所への転入届は郵送で済ませた。
①マイナンバーカード、②後期高齢者医療被保険者証、③介護保険負担割合証、④身体障害者手帳住所変更、⑤印鑑登録などであるが、その他、警察署での免許証の住所書き換え、銀行預金証書等の住所書き換えなど、実に多岐にわたり、繁子も私もくたびれ果てた。

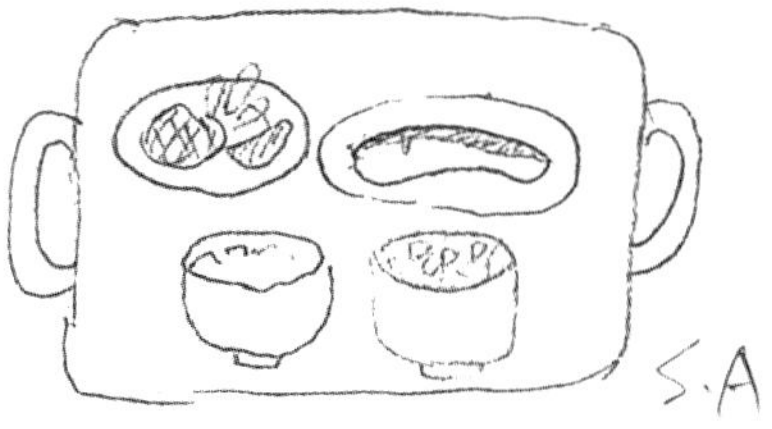
S.A

19の章　鳥は南へ

初夢は凪《なぎ》し辺野古の舟遊び

鹿児島県に1年、岡山県に7年、東京都に33年、長野県に19年、人生の越冬のためにヤマトに渡り、過ごしてきたが、私はいよいよ、生まれ故郷に飛び立つ準備をはじめた。

渡り鳥には「越冬」のためにシベリアなどから渡ってくるハクチョウやツル、繁殖のために渡って来る「夏鳥」のツバメやオオルリなどがあるが、はて？　私は、何を考え、何を求めに南の島に、還ろうとしているのだろうか？

沖縄に移住するとなると、一番悩ましい問題は、200人の塾生がいる「信州沖縄塾」の組織をこれからどうするかという問題だった。

運営委員会で組織の継続について論議を重ねたが、運営委員からの最大の懸念は、塾長の人脈を生かし、沖縄でそれぞれの分野で活動されている方を招く、信州沖縄塾の中心企画が継続できなくなることへの不安であった。この塾は、塾長である私の「この指止まれ」でメンバーが集まった。開塾の中心者が長野からいなくなると、塾長を引き継げる人が見つからない。その上、運営委員はみな高齢者で、新たな活動に取り組むエネルギーは引き出せない。今、いろいろな市民運動で、問題になりつつある「市民運動の高齢化問題」が、この組織でも露見してしまった。

長野県内各地で、信州沖縄塾の活動に触発され、「沖縄問題」に関わる市民運動が組織され、それぞれの活動をはじめていたのも、閉塾への〝安全弁〟になっていたのかも知れない。２０１９年1月8日、第15回総会の論議を経て、組織としての「信州沖縄塾」は閉塾することが決定した。これからは、元塾生の１人ひとりが、それぞれの地域で、自らの立ち位置で、沖縄問題と向き合うことを決議した。ここに「信州沖縄塾」は一定の役割を果たして幕を下ろした。

閉塾記念講演会は、2月16日、沖縄から若い玉城愛《たまきあい》さん（琉球大学大学院生）を招き、上田市上野が丘公民館で行われた。２６０人の聴衆が押し掛け、信州沖縄塾の閉塾を惜しみ、私は頭を下げるしかなかった。

竹内茂人前事務局長は、これまでの塾の活動記録を整理し、「信州沖縄塾の誕生からこれまでの歩み」として、CDに記録し残してくれた。

私は2010年から、長野大学客員教授を務めていた。当時の伊藤英一社会福祉学部長の要請で引き受けたが、私は一貫して「ハンセン病問題」を学生に講義してきた。沖縄移住が決定して、2019年3月31日付で客員教授の職を退任した。

5月31日、退任記念特別講座が企画されたが、その時の講座名は、「社会的弱者を支える未来のあなたたちへ」と題して、休憩時間を挟んで3時間の講義をした。

講義を、私は次の言葉からはじめた。

——私には、生き方の指標ともなる二つの原点があります。

その一つが、今から74年前。沖縄では日米両軍の激しい地上戦があり、県民の4人に1人が、戦禍で命を奪われるという悲惨な過去を背負わされました。

沖縄戦直前のその地で、私は誕生し、2歳の幼な子の命は、激しい地上戦の中でも家族に守られ、生き延びることができました。（略）もう一つの原点は、14歳の時に「ハンセン病」

を発症し、思春期の12年間を療養所という特別な場所に強制隔離されていたことです――

講義の骨子は「人権」「平和」「憲法」「自然」問題について話した。

結びの言葉として、ブルーノ・ヤセンスキーからのメッセージを学生たちに贈った。

『敵を恐れることはない。敵はせいぜいきみを殺すだけだ。友を恐れることはない。友はせいぜいきみを裏切るだけだ。無関心の人々を恐れよ、かれらは殺しも裏切りもしない。だが、無関心な人びとの沈黙の同意があればこそ、地球上には裏切りと殺戮が存在するのだ』

そして、私の蔵書の中のハンセン病関係図書は、長野大学図書館に寄贈した。

2000年の長野移住に伴い、私への「ハンセン病問題」の講演依頼が、学校教育、各市町村の自治体や公民館から相次いだ。

長野在住中、講演回数は約600回に上った。その関係もあり、「ハンセン病市民学会全国交流集会in長野」の実行委員長の就任依頼があり、引き受けた。しかし、全国集会はコロナ拡大により延期となり、２０２１年に2回のオンラインによるプレ集会が開かれた。

全国交流集会は、２０２２年6月11日、ホクト文化ホールに阿部守一長野県知事・荻原健司長野市長他、行政・議会関係者も多数列席して開催された。

6月11日はホクト文化ホール、12日はＪＡ長野県アクティーホールで、８００人が参加する盛会となり、私も無事、実行委員長の務めを果たすことができた。今回の最大の特徴は、市民学会でありながら、実行委員会に長野県職員が、全国集会の企画を検討する段階から参加したことである。

20の章　ウチナーオジィー

うりずんや我は憂苦の国惑い

19年間住み慣れたわが家を別れる時が来た。

繁子の表情は正視できないほど、「去る者」の覚悟がにじみ、庭先で周囲を何度も、何度も見渡していた。

「元気なうちはいつでも沖縄と上田を往来できるのだから……」

私の言葉は、うつろな表情で立ち尽くしている彼女には、何の意味をも果たしていないのは明らかだった。

わが家は保野自治会の規定で別荘扱いとなり、この家の管理は義弟夫婦に任せ、近い将来、姪の百合が住むことになった。

さようなら信州！　さようなら塩田平！　さようなら保野！

隣近所の皆様、ありがとうございました。お元気で皆さん！

私たち2人は、那覇空港に降り立った。

驚いたことには、乗客出口には、金城康博理事長自らが出迎えてくれていた。

繁子と私は、２０１９年11月23日、沖縄県浦添市前田１１５８番地ケアハウスありあけの里４階のコネクティングルーム17号室と18号室に入居した。

施設利用料は月額、私が、大体17万２０００円になり、繁子は私より少し少ない。私たちが入居した４階は18室あり、食事は中央の食堂とリビング室で喫食する。

地勢としては那覇市、宜野湾市、西原町に囲まれ、那覇市の首里に隣接している。

ありあけの里への路線は、沖縄都市モノレール「ゆいレール」で那覇空港から約30分の経塚《きょうづか》駅で下車、徒歩5分でたどり着ける。

車では、浦添市役所を第一目標に安波茶《あはちゃ》交差点を直進し、浦添警察署通りへ、モノレール浦添前田駅交差点を右折、前田トンネルを抜けると、右側の4階の建物が「ケアハウスありあけの里」である。

私の部屋のトイレの窓から、モノレールが走っているのが見える。


ケアハウスありあけの里では、他の階の入居者の行き来は日常的にはないが、月に1、2回、琉球舞踊と操体法体操のボランティアの来所があり、その時には、全入居者が3階リビングで顔を合わせる。

今は新型コロナの感染拡大によって、それらの催事も不可能になっているが、入居直後、ボランティアの琉球舞踊の演舞を見ている中、驚く情景に出会った。


踊り手が三線に合わせて踊り出すと、それまで車椅子上でうなだれていた女性の両手が、踊り手の動きと全く同じ動きをする。

みんなも不自由な身体を動かし、顔がほころび、輝いてくるのである。

最後は、沖縄の催事の締め、「カチャーシー」で、職員・入居者が手をひねり、体をゆすり、施設の日常には見られない躍動するエネルギーが噴き出している。

いやー、このノリ……。

三線の音律と踊りの動きが、沖縄の民の魂に宿っている‼

今は、コロナの感染拡大で休会中だが、趣味のクラブとして、書道、歌声サークル、三線クラブがあり、入居者の余暇生活を充実させるように取り図られているという。


ここで、「カチャーシー」の踊り方の基本型をお伝えしよう。

まず、肩と肘を安定させて脇を開き、肘は体に近づけず、手首を反らし、両手を同じ方向に、手首から先に流す。そして両手を同時に返し、逆の方向へ流す。それを繰り返す。手は握っても、開いても良いが、女性は開いて踊った方が上品に見える。

どうです。踊ってみてください。


それでは、4階の職員を中心にご紹介しよう。

施設長の宮国明美さん。肝っ玉母さん然として、元気な「おはよう」の一声が、入居者にエネルギーを吹き込む。

介護士は7人。

手登根《てどこん》美千代さん。仕事ぶりは基準通りのパーフェクト。体躯に似合わず掛ける言葉はやさしい。

渡慶次《とけし》新さん。私は大きな体の花咲かさんと認識している。休日にも出て来て、施設内の草花の手入れをしてくれる。

島袋剛さん。目配り、心配りが完璧である。話しかける時は、腰を落とし、車いすの目線で会話をする。

玉城智久さん。施設内を軽やかな足取りで歩く。時には足早にもなる。本人は、今年のNAHAマラソンは3時間切りをすると頑張っている。

平安《ひらやす》勇太さん。一番の若手、お聞きすると子どもさん5人のパパ。でかした、わが国の少子高齢化の防波堤である。

高良健二さん。元板前の異例の経歴を持つ。体操指導のときは、若手顔負けのキレキレの体の動きも披露する。

與那覇博美さん。私は、毎年、彼女が自宅の庭に咲く月桃を切り、リビングに飾るのを心待ちにしている。4階の壁をいろいろに飾り付け、入居者に季節や行事の情報を知らせてくれる。

機能訓練員のパチェコ知子さん。全階の入居者の身体機能の退化を防ぐため、笑顔を絶やさず、叱咤激励している。

生活相談員で係長の神里興彦さん。風貌はいかめしいが、入居者からの相談事には全力で当たる。

ケアマネージャーの北田恭子さん。事務処理、外部との手続き、入居者の相談、家族との連絡、とにかく毎日、忙しそう。

看護師3人を紹介しよう。

新垣加代子さん。物静かで冷静。この方に任せれば、病気になっても絶対の安心感を得られる。

日高直美さん。若い時スポーツウーマンだったという背筋はピンと延び、治療の姿勢もそのままテキパキと対応する。

東《あずま》かおるさん。病院勤務歴は長く、言葉数は少ないが、マスクの目元がやさしい。これまで多くの病人や高齢者に向き合ってきたのだろう。
栄養士の友寄紅葉《ともよせくれは》さん。小柄で少女そのものといった形容がふさわしい。食事をしている人たちを観察し、喫食レポートを聞き取っている。

ここ「浦添」の地名の由来について、伊波普猷《いはふゆう》著『古琉球』に、次のように記述されている。

――浦添という漢字はアテ字であって、もとはうらおそいとカナで書いたという事がわかった。浦添のようどれの碑文に、

うらおそいよりしよりにてりあがりめしよわちやことうらおそいのようどれは……

という文句がある。明の天啓年間に編纂した『オモロ双紙』にもうらおそいと書いてある。うらおそいは後に縮まってうらそいとなり、遂に浦添の二字であらわされるようになった。うらおそいは、うら（浦）おそう（襲）という言葉の名詞形で、浦々を支配する所という意をもっている」――

ありあけの里が位置する浦添前田は高地になっている。

沖縄戦で無血上陸をした米軍が、日本軍司令部がある首里城を目前にし、日本軍の激しい抵抗に遭い、米軍が多くの死傷者を出した激戦地である。あるいは読者の中には、メル・ギブソン監督の映画「ハクソー・リッジ」を視聴している方がいらっしゃるかも知れない。この映画は、この前田高地の激戦が舞台である。

また、沖縄県史によれば、この地で犠牲になった浦添村（当時）民は4112人で、村民の41・2％にのぼる。

元の激戦地は住宅地となり、その間近をモノレールと車が往来している。

沖縄では特に、平坦な土地を米軍基地が専有し、住宅地は丘をならして求められる。この頃は、宅地確保も限界に達したのか、やたら市街地に高層マンションの建築ラッシュが目立つようになった。


ここで、ケアハウスありあけの里での、私の生活サイクルを紹介しよう。

ハンセン病療養所での隔離生活の経験が生きているのか、ひとり部屋生活は、それほど苦にならない。パソコンが私の精神の「孤立」を支えてくれているが、職員との会話以外、入所者と会話を交わすこともなく、廊下ですれ違う際の挨拶だけである。

1日は、5時の起床に始まる。

まず、ベッド上でストレッチ体操30分。1日3回、4階の廊下（片道110歩）を、2往復している。そして、パソコンと携帯電話を起動させる。

食事は朝食7時、昼食11時45分、夕食17時。就寝は大体21時。6時30分と15時30分に検温。11時前、約15分間、食堂リビングに入居者全員が集いラジオ体操と軽い運動を毎日行う。月に2回おやつの日があり、入居者に誕生月を迎える人があれば、誕生会が開催される。

若い頃、高齢者の処方服薬袋のふくらみを冷ややかに見ていたが、とうとう、私もその仲間入りをするようになった。

朝食後（4種）　バルサルタン錠40㎎、イコサペント酸エチル粒錠カプセル600㎎、ランソプラゾールOD錠0・1㎎、酸化マグネシウム錠330㎎

夕食後（2種）　ランソプラゾールOD錠0・1㎎、酸化マグネシウム錠330㎎

就寝前（1種）　ゾピクロン錠10㎎

どうです。これで80歳の私の健康状態は維持されているのである。

シャワーは自室で自分でも利用しているが、施設として、入居者の皮膚チェックのために、週2回の職員によるシャワー介助がある。当初は、他人から裸身を洗われるのは抵抗があったが、今は、慣れた。ただし、沖縄では通常、冬でも浴槽で体を温める習慣はあまりなく、それだけは、長野の浴槽で足を伸ばしていたのがなつかしい。

21の章　相思樹

相思樹（学名:Acacia confusa Marr.マメ科ネムノキ亜種アカシア属の常緑樹）沖縄のうりずん（3月～4月）の風物詩の花。花は1～1・5㎝くらいの球形で黄色の花頭で、花もちは短い。香しい香りを放ち、落下した花弁は、黄色の絨毯《じゅうたん》のように見える。

欠け羽に陽を留めおり冬の蝶

ケアハウスありあけの里への入居前、繁子と2人で話し合ったことがあった。〝早々に車を購入し、自由な沖縄生活を満喫しようね〟と。特に、繁子が希望していたのは、出来る限り、辺野古の座り込みに参加したいということであった。この希望は、入居後、半年で打ち砕かれてしまった。新型コロナウイルスが沖縄で猛威を振るい始めたのである。

施設は面会禁止となり、私たちの外出もできなくなった。

畑いじりや庭の花づくりを趣味と聞いていたらしく、理事長の特段の配慮で、繁子のために施設に隣接した土地に畑地まで用意してくれていた。まだ、健康体の繁子に、これまでの生活の延長をできるだけ続けさせたいとの思いからである。その上、車で自由に出入りできるように、異例中の異例！入居者の車の購入を許可し、駐車場まで用意してくれたのに……。

外出の制限、完全看護は、繁子にとっては、翼をもぎ取られた鳥のような難行苦行の日々であったに違いない。

赤い日産DAYZの新車は、駐車場で埃をかぶったままである。

繁子は、部屋のソファーに座り、道路マップの「沖縄県」のページをめくり、指で道路をなぞっている。頭の中で、沖縄本島の各地を思い描いている様子であった。

時折、膝を抱え、ぽつねんと座っている姿が目に入った。

沖縄移住のきっかけは、繁子のメニエール病の発症に慌てふためき、〝もし、彼女が、私より先に倒れたら……〟という恐怖に私が追い込まれたことから始まったと、思い込んでいる自分。

同時に障がい者で、４歳年上の私の介護で〝繁子に重荷をかけてしまうのでは……〟との不安。

私たち老夫婦は、遅かれ早かれ、「介護」の２文字からの問いに、向き合わなければならない。どうすれば？ ……。

その不安に乗じて……、有無を言わせず、繁子を強引に、沖縄の施設入居へ引っ張り込んでしまった……。

今まで、はち切れんばかりに元気だった繁子が、日々、小さくなっていく……。

私は、27年前のあのときを、何度も思い返していた。

「離婚」時の葛藤と、その後のわびしさは、もう二度とゴメンだと。37歳から13年間の独身期間は、ただ仕事のみの生活を続けていた。だから、繁子とは、いつまでも一緒に添い遂げたい！との思いは強かった。

繁子との再婚を決断した揺るぎのない大きな理由は、彼女の趣味を聞いたとき。

「洗濯です」と答えた。

この素朴な返答に、彼女の人柄が見えた。


それから、27年、その最初の決断が正しかったことを、毎日の生活で実感していた。その感謝の見返りに、私は真逆の仕打ちをしてしまったのでは?……。

上田では、テレビの料理番組を食い入るように見ているかと思うと、その数日後には、アレンジされた料理が食卓に並んでいた。

それが、今は、三食、施設職員の「お食事ですよ」の声に、私と連れ立って、食堂リビングに向かう。高齢者の食事風景は「黙食」で、「おいしい」「まずい」「醤油」「お塩！」の一声もない。

繁子は食事時に時折、「塩、醤油」を、ハンカチの中に隠すように持ち込んでいた。

自分が手を掛けない料理、それも毎日……。

完全看護、完全給食、手持ち無沙汰……。

その上、新型コロナウイルスの蔓延による高齢者施設の外界との遮断。こんな状況の日々でストレスは溜まる。老後は休ませたい、特に、私の介護から……と思っていたつもりだったのに……。


私は前の章でも触れたが、今の社会状況では、子が親を介護、年老いた者同士が互いに介護することを、当たり前の社会通念として維持するのは限界があり、肉親による介護からソーシャル介護システムにゆだねるべきとの持論を主張してきた。

80歳を目前にした私が、介護の負荷を繁子に依拠し、彼女の人生を奪ってはならない、との認識を持っていた。

しかし、これは完全な私の判断ミスと選択ミスだった。このことから生じる「ストレス」が、彼女の持病悪化の引き金になるのでは、そう思いはじめていた。

その矢先に、繁子が申し訳なさそうな表情で、こう言ってきた。

「ねー、ありあけの里で、おじさんへの介護のなされ方を見届けて安心できたら、私、もう、上田に帰っても、いーい？」

わが国では「夫婦、共白髪まで」というのが、夫婦の在り方のベストという社会通念がある。その考えを否定しているわけではないが、それとは違う私たち夫婦の未来像が、あってもいいと思い始めた。

——ゆらぎのない、新たな夫婦の形とは？——

私の心の中に、

「夫婦は空間的距離だけでなく、精神的距離こそが重要なのだ!!」との確信が生まれはじめていた。

2020年6月1日、窓の外は梅雨前線の影響で小雨が降り続いていた。

「敏男から繁子へ」と、私の思いを文書にまとめて、繁子に渡した。

夫婦間で文書か？　との思いもあったが、会話ではその場しのぎになりそうで、いつまた心変わりをするか分からない。自らを縛る意味を込めて文書にした。

色々なことを書き連ねたが、文書の中心項目は以下の2点である。

①繁子はいつでも、長野上田のわが家に帰っていい。
②私は、このまま「ケアハウスありあけの里」に入居し続ける。

私を支えてくれたことへの感謝の贈り物は、小さなものだが、繁子の生まれ故郷、そして、19年もの長い歳月とともに暮らした塩田平のわが家で、体力と気力が及ぶ限り、のびのびと人生を送ってもらいたいと、決断した!!

その決断を繁子に示した翌日、この文書を他に2通コピーし、沖縄の兄義安《よしやす》と、長野の義弟孝一に送った。

兄義安から、

「敏男、いい決断だ。家内の貴美子も、敏男さんは、繁子さんに、いい思いやりをしてくれたねー、と言っていた。それがいい」と、言われた。

長野の義弟孝一からは、「お兄さん、美智子も喜んでいる。姉を私たち家族に任せてください。もうしばらくしたら、百合（姪）が、姉さんと同居するから。お兄さんも姉さんもまだ元気だから、長野と沖縄を行き来できるでしょう。私たちから見れば、逆にうらやましいよ」


2022年1月10日の深夜、私は吐き気と熱発に襲われた。検温すると38・2度を示していた。

翌朝、かじまやークリニックの金城聡彦院長が駆けつけ、診断の結果、胆管に胆石が詰まり、黄疸症状が出ているのではないかと、薬が処方され、酸素吸入の対応がなされた。

さらに詳細な診療が必要ということで、14日、提携病院の山城医院で診療を受けたところ、緊急検査のために同仁病院に紹介され、20日、同院でCT検査と血液検査が行われた。

その結果、CT画像の胆管出口付近に不鮮明な箇所があり、異常が見られる。内視鏡検査で詳しく調べるからと、即、検査入院となった。

病室は４人部屋。私を含め３人が入院していた。

翌朝、急に部屋に重装備の医師や看護師があわただしく出入りを始めた。

同部屋のひとりが、一晩中せき込んでいたのは気になっていたが、早朝、同室３人のＰＣＲ検査が行われた。検査の結果、私を除く同室の２人は、急遽、隔離病棟に移された。


師長が来室してこう告げた。

「伊波さん、陰性でした。ご迷惑をおかけして申し訳ありませんが、伊波さんは、濃厚接触者として、個室に移動してもらいます」

何と、コロナウイルスは、私に恐れをなしたのか、カーテン１枚の防壁で、私は感染を免れた。ニュースで良く耳にする「院内感染」という騒ぎを私も実体験することになった。この騒ぎで内視鏡検査は１週間延期となり、投薬と点滴治療がつづけられた。２月２日、内視鏡検査が行われた。

部屋で麻酔から目覚めたら、主治医からこう告げられた。

――胆管に胆石が詰まっていたので、胆石は除去した。このままでは、また、いつ同じ症状がでるかも知れない。その対応策として、胆管出口を広げる内視鏡手術を、2月16日に行う――

そして手術は成功し、2月18日、めでたく退院となった

思い起こすと13年前にも、胆石が原因で3週間入院したことがあった。そのため毎年、腹部超音波検査（エコー）を受けてきた。高血圧症と胆石に関わる健康問題がある。そのことが繁子を不安にさせていた……。

それから2年間、施設での繁子との同居生活は続いた。繁子はその間、施設の私への介護と医療面のケアを、しっかり見届けている様子だった。

2022年4月16日、繁子はケアハウスありあけの里を退所し、長野上田市のわが家に帰った。

今、繁子と私の間には、毎朝、携帯によるホットラインが機能している。

R.F

22の章 ヨ〜イ・ドン

半夏生長い旅路の庭迎え

今朝の献立はパン食である。

車椅子に乗る入居者が11人、ターンサークル利用者1人、二足歩行者は私を含めて2人、職員の食事介助を受ける入居者3人が食堂リビングと呼ばれる部屋に集う。

最高齢者は102歳。私は若造で下から2番目。でも、今年で80歳を迎えた。

〝沖縄本島の今日の天気は、昼前から雨〟と、天気予報を伝えるテレビの音声のみが、黙食の中で、大音量を響かせている。

食堂リビングに今朝、ピンク色の3本立ちの胡蝶蘭が飾られた。職員に聞くと6日前、部屋で93歳の人生を閉じたSさんの家族から、家族葬が終わり、お世話になった施設への感謝の贈り物だという。

椅子に座った途端、あまりの見事さに、私はつい、「きれいだねー」と、感嘆の声を上げたが、皆さんは、黙々と朝食を喫するばかりで、顔を上げて、胡蝶蘭に目を向ける者はいない。

5月の初旬、介護士の与那覇博美さんに「月桃の花の時季になったねー」と、話しかけた。翌日、与那覇さんは自宅の庭に咲いている月桃（花言葉・清純な愛）を、一抱えも切り取ってきてくれて、食堂リビングに生け、私の部屋にもその一部を飾ってくれた。

葉や花冠から甘い香りが、部屋中にただよう。

「すてきだなー……。なんと、さわやかな香りなのだろう」

でも、私も、もうしばらくすると、美しい花を見て、「きれい」と言葉を口にし、おいしい食事を口にしても「おいしい」という、感嘆の言葉を失ってしまうのだろうか？……。

入居者の顔の皺は深い。ほとんどが80歳以上の皆さんだから、あの沖縄戦やこれまでの人生が、それぞれ刻み込まれているのだろう。

しかし、その皺のひとつひとつの話を、語り、聞かせてくれる人はいない……。

若くて健康的な生活をしている者は、ほぼ、同じ時間に床につき、同じ時刻に目覚める。私も、若い頃はそうだった。ところがこのところ、寝つきが悪くなり、目覚めが早くなった。

活動的だった60代頃までは、夜10時頃床につき、朝6時に目覚めるという規則正しい「睡眠」と「覚醒」のバランスが取れていたが、次第にそのリズムが崩れ、睡眠障害改善剤ゾピクロン錠の処方を受けるようになった。

高齢になれば、昼間の疲労蓄積も少ないから、4時間の睡眠で充分と繁子は言うが、「レム（REM）睡眠」と「ノンレム（non-REM）睡眠」の境界もあいまいになってきた。

人間の「睡眠」には、「レム睡眠」と「ノンレム睡眠」の2種があるという。夢を見る「レム睡眠」時は、交感神経（活動する時に働く）と副交感神経（休息時やリラックスした時に働く）の調節が乱れ、眼球運動がある。「ノンレム睡眠」時は、副交感神経が優位で、脳が休んでいる状態で、全身の筋肉が弛緩し、消費エネルギーを節約し、身体を休める機能を持つという。分かりやすく書くと、歳を取るとノンレムの眠りの時間が短く、浅くなり目覚めやすくなるという。

私がなぜこれほど、睡眠状態にこだわりを持ち始めたかというと、入居後、何人かの方がベッドで寝たきりになっているのを目にしたからである。

時間を見て、職員が体位変換をしてくれるが、もし、私が同じ状況で天井を見上げている時間が一日の大半を占め、目は閉じているが、脳の働きが「レム状態」「ノンレム状態」を繰り返す……そんな状態が終末まで続いたならば……。過ぎ去った何を思い、何に悔恨し、何に笑みを浮かべるのだろうか……。それとも足りなさに苛立ち、介護する人たちへの感謝を忘れる、かわいくない老翁になってしまうのだろうか？

今、あれこれ思い悩む「わが頭」を枕に乗せ、イヤホーンで「シューベルトのセレナーデ」を聴く。チェロの誘惑の音で眠りに入る。

新型コロナウイルスの感染拡大が高齢者施設に襲いかかっている。

施設内集団感染で、基礎疾患のある死者が相次いでいるが、私の推察では、高齢者の生存意欲をそいでいるもう一つ別のファクターがあると思う。

新型コロナ対策により高齢者施設では、長期間にわたって施設の「面会禁止」や「面会制限」が継続中である。

肉親と顔を合わせ、声を掛け合うことが、施設暮らしの高齢者にどれほどの喜びを与えていることか。新型コロナの感染予防策で、それが奪われつつある。

この状況が、高齢者の生存意欲を奪っていると思える。

終末のスタートラインに並ぶ私たちに、「位置について、ヨ～イ」の後、〝ドン〟が鳴り響く。飛び上がるほどの号砲も、難聴になった私たちの耳には、優しい〝囁《ささや》き〟のように届いてくるのだろうか？……。

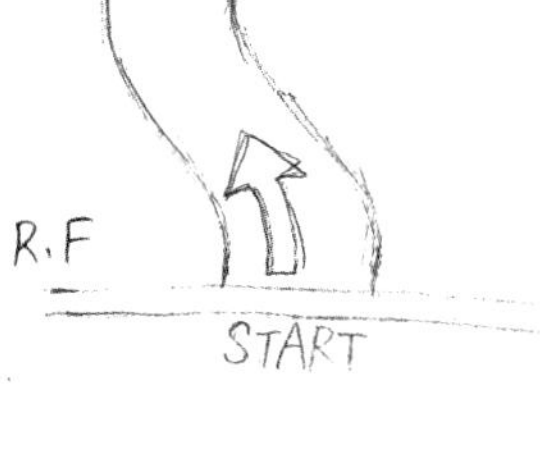
R.F
START

23の章　旅立った人たち

恩師逝く宵に邯鄲《かんたん》冷の酒

このところ、やたら人の死亡記事が目につく。同じ年代に私もいるからだろうか。人が生《い》き終《じま》いをしたとき、周りの肉親や友人、知人はどのように受け止めているのだろうか……。

また、ひとり、恩師の訃報が届いた。

比嘉良行《ひがよしゆき》先生（1925～2022年）が、97歳の生涯を閉じられた。正直、訃報に接したとき、間に合ったと胸をなでおろした。と、いうのは、比嘉先生のご家族が、入退院を繰り返している先生が新聞に投稿してきた川柳や短歌をまとめた本を作ってプレゼントしたいと計画し、その序文を教え子の私にと、依頼を受けていたのである。

以下の文章が、『歌集　比嘉良行』巻頭序文の全文である。

「比嘉良行先生の歌集発刊に寄せて」

突然、ニューヨークからメールが届きました。発信者は沖縄愛楽園琉球政府立澄井小中学校の恩師、比嘉良行先生の弟さん比嘉良治さん（ロングアイランド大学名誉教授）からでした。良行先生の子どもさんたち（初美さん・誠さん・寛さん）から、95歳の寿ぎの贈り物として、父の「歌集」を、自家本として刊行することになり、その序文依頼に、教え子の私に白羽が射られ、海を越え、沖縄まで届いたのである。もちろん、私は、喜んでYESの返信で答えた。

序文橋渡し役の比嘉良治先生は、2003年、沖縄県立与勝高校の琉球舞踊や創作ダンスなどの演目を披露する「Peaceful　Love　Birds」が、コロンビア大学の招きでニューヨークを訪れた時、心のこもったサポートをしてくれたという話を、その後、引率の宜野座映子さんから聞いていた。

終戦後の沖縄では、ハンセン病発症児童が多く、その子どもたちは、沖縄愛楽園と宮古南静園で共同生活をしながら、療養所内の小中学校で学んでいました。宮古南静園は稲沖小中学校、沖縄愛楽園は澄井小中学校でしたが。両校とも発症児童がいなくなった

1981年に閉校となった。

当時の沖縄愛楽園の少年少女舎には、5歳の幼児から、小中学生55名が生活しており、小学部一学級、中学1・2年生は複式学級、3年生は単式学級で、私は中学2年で入園し、比嘉良行先生とは、その時の出会いであった。

教師と生徒の関係は、わずか2年でしたが、若くして総白髪の偉丈夫で、子どもたちは陰で、良行先生のことを「タンメー（オジィー）」と呼び合っていました。時折、乗りつけて来る車は、ところどころサビで穴が開き、その穴をコンクリーで塞いだGMシボレーでした。

先生自身も教室内より教室外の授業が水を得た魚のようで、「今日の授業は外だ」との声で、生徒は歓声を上げていました。思い返すと、黒板の字は、決して、手本にしてはならないほどのカナ釘流でした。

良行先生の授業は、「いつも実物を前にして行われる。エンジンの構造、気化と爆発、エネルギーの伝達方法を話していた。今でもそらんじて話せるくらいだから、よほど分かりやすい授業だったことに間違いない」と、私の著書『花に逢はん』で、その授業ぶりを記しています。

澄井小中学校には校歌もありますが、なぜか、記憶の中に鮮明に残っているのは、今でも口ずさむことができる「少年少女舎寮歌」です。子どもたちは家族の元を離れ、肩を寄せ合い、ことある度にこの歌を口ずさんでいたのだろうと伺えます。

♬　黄色い菜の花咲いている　白い蝶々もとんでいる　青い海原澄んでいる
　希望の鐘が聞こえます　ここは少年少女寮　♬

子どもたちは、朝食後から登校寸前の8時までが自習時間で、「登校の時間だぞー」の寮父の声で、連れ立って登校していました。

スコアブランド公園の掘割道から左の小道で徒歩数分先に校舎があり、通学路の山手側には、春先にはテッポウ百合が、香しく咲き競い、道路沿いの三角地には、良行先生が私たちを駆り立て、熱心に種子採取から育苗した、背丈ほどのモクマオウ庭園が、登下校の私たちの送り迎えを見守っていました。

その後、比嘉良行先生との出会いは、１９９７年、パシフィックホテル沖縄で行われた私の「第18回沖縄タイムス出版文化賞」の受賞パーティーで祝辞挨拶を頂いた後、途切れていました。

良行先生が95歳を迎えることを知らされ驚いたが、紅顔の美少年？の教え子の私が、今、老人福祉施設ケアハウスの利用者なのだから、肯《むべ》なるかなと、得心がいきます。

あの沖縄愛楽園の教師と生徒の時は、遠い63年前のできごとで、親元から引き離され、ハンセン病療養所という特異な環境下で、私たちに学ぶことの大切さと、夢に向かってチャレンジする勇気を語りつづけていたことに感謝しか申し上げられません。

あなたの教え子は、今、物書きとなり、国家や社会の理不尽には、同調圧力に逆らい、言葉と文字で「異議あり」を掲げつづけています。

その後、風の便りで、ペットボトルロケットの打ち上げや、造形的な凧を天空高く飛ばして、子どもたちの歓声や笑い声や手を打ち鳴らす中で、良行先生ご自身も遊びに興じておられる様子が届いていました。

余生は道具類や機械いじりで過ごされていると思いきや、驚かされたことには、全く想定外の「川柳」の句づくりに傾倒され、その集積の「川柳集」が、この度、兄弟姉妹の創意で刊行されるとの便りです。

「川柳」は、世事や人間社会をみつめ、表現の詩想の一方法と理解している私には、ただちに、良行先生と川柳は結びつかないのです。

いや！　待てよ、ハンセン病療養所がある「屋我地島」の地名を耳にするだけで、眉をひそめていたあの時代に、ハンセン病を発症した子どもたちの教育現場へ駆けつけた熱情をして、部屋に籠り、ゲームに興じる子どもたちを外に連れ出し、同じ目線で遊ぶ。そして、今生の世情のあまりの濁々《だくだく》さに、口を噤《つぐ》んではいられない良行先生の心根から推察すれば、「川柳」の17文字で「ものす、吐く」ことは、当然の道筋だったかも知れません。

良行先生がものした数多くの川柳のご紹介は「川柳集」に譲ります。その秀句の中から私が選んだ一句です。―

百合の花　一番咲きは　「デイケア」に（沖縄タイムス俳壇　2019／5／12）

『歌集　比嘉良行集』が刊行される。おめでとうございます。幸運なことには、その序文を教え子の私が指名された。

昭和、平成、令和の良寛比嘉良行さん、なお、遊べや。子どもたちが、首を長くして待っています。

2022／春／吉日」

またお1人、恩人が昇天された。医師の橋爪長三先生（1924～2022）である。

橋爪先生は、特に腱移行手術において日本でも指で数えられるほどの著名な整形外科医である。橋爪先生は、信州大学卒の若い整形外科医としてハンセン病療養所に着任後、長野リハビリテーションセンター長、小布施町新生病院名誉院長の任を務められた。

私との出会いは、岡山県立邑久高等学校新良田教室在学中。私は先生に、腱移行手術7回、社会復帰後、皮膚移植5回の施術を受けた。私の身体機能と、特に、強靭な精神力を、授与してくれた大恩人であった。

ハンセン病療養所から社会復帰への道を拓いていただいた。その後、私が社会的役割を少しでも果たすことができたのも、橋爪先生なしには語れない。

当時、この腱移行手術は最新医療事例であった。1976年、先生は学会で論文「らい患者の四肢の機能障害に対する整形外科的治療法」を発表された。その他多くの功績が評価され、第21回「桜根賞」を受賞されている。

私の手術同意を得るための場面描写は、『花に逢はん』の「青い刃」「改造人間」「インフォームド・コンセント」で記述しているが、同書刊行の数年後、国立佐賀大学医学部入学試験で「インフォームド・コンセント」のテーマとして出題対象となったと、大学から事後報告を受けた。

２０１８年12月14日に、亡くなられた奥様のご霊前にお花を供えたいと、初めて長野市のご自宅を訪ねたことを思い出す。大雪の日だった。

玄関先で、娘さんと一緒に出迎えていただいたが、顔色も、声の張りも変わらず、胸をなでおろした。

通された居間の壁には、奥様が描いたという、静物画と風景画が飾られていた。奥様とは、２００３年、小布施町の聖公会新生礼拝堂に招かれて講演した時にお会いした。静かなたたずまいの中、亡くなられた奥様が、橋爪先生を温かいまなざしで見持っているような気がした。

「先生は、今も、新生病院での診療を続けておられるのですか？」

「いや、もう、辞めました。今は家でのんびり、娘の世話になっています」

先生との話は、お互い長島愛生園にいた時の思い出に始まり尽きることなく続き、繁子から脇を突かれるほど、長居してしまった。

あれが、橋爪先生と過ごした最後となろうとは……。

沖縄に移住した私に、娘さんから脳溢血で入院加療中との報せを頂いて間もなく、2022年11月28日、93歳で天に召されたと、無念の報せが届いた。

橋爪先生は講演会などで、私のことを次のように語っていたという。

「作家の伊波敏男は、私の同志であり、整形外科医橋爪の改造人間です」と。

そうです!! 正に言い得て妙!!

先生、ありがとうございました。さようなら。


琉球文化の巨星を失う!

2019年、ケアハウスありあけの里に入所して間もないある日、朝食の各テーブルに新聞のコピーが乗っていた。

職員に「これは?」と尋ねると、「この隣のテーブル席の入所者宜保美恵子さんが、県から表彰を受けて、今朝の新聞に載っていましたので、皆さんにコピーしてお配りしました」との答えがあった。

手に取って良く見ると、ご夫妻が同時に表彰され、顔写真と業績が詳しく記載されていた。

２０１９年度沖縄県功労者表彰

〔文化・学術部門〕宜保榮治郎（１９３４）琉球舞踊保存会顧問・伝統組踊保存会顧問・元国立劇場おきなわ常務理事・沖縄県文化財保護審議会会長・元沖縄県立博物館館長

〔教育部門〕宜保美恵子（１９３３）琉球大学名誉教授・元沖縄県教育委員会委員長・元琉球大学教授（教育学部）

「えっ！　宜保榮治郎さん!」……。と、すると、隣の席テーブルの方は、榮治郎さんのお連れ合い……。

慌てて、席を立ち、テーブルの前に立ち、ご挨拶をした。

「はじめまして、私、宜保さんにお世話になりました伊波と申します。この度の県功労者賞の授賞、おめでとうございます。この度、妻も一緒にありあけの里に入所しました。よろしくお願いします」

宮国施設長に、今度宜保さんが来られた時、伊波敏男がここに入所しているとお伝えくださいい、と依頼した。

それから1週間後の土曜日。宜保さんが、――い・は・さーん――と、声をあげながら、私の部屋に訪ねて来られた。

宜保さんと私の出会いは、1998年、名護市民会館で開かれた私の講演会の際に、控室に岸本建男元市長と宜保さんがご一緒に挨拶にみえたことに始まる。その折、屋部焼き討ち事件に言及した宜保さんは顔をしかめながら、「当時、私は1歳でしたので、少年になって村人の口から事件を聞かされました。あんなに助け合い、親愛の情が満ちあふれていた私の集落で、あんなおぞましいことが起こっていたとは。この事件は、私のトラウマのひとつになってしまいました。私の集落が行った過ちを、どうか許してください」と、私の手を握り、深々と頭を下げて謝罪された。

※屋部焼き討ち事件　１９２７年、来沖した荒砥牧師と青木恵哉氏は、キリスト教伝道活動のかたわら洞窟や山中に隠れているハンセン病患者を見つけ出し、食べ物や衣服を与え共に祈っていた。そんな折、名護屋部で篤志家の長子が発症し、集落の合意の下に、別邸を建設した。荒砥牧師と青木氏は、１９３５年６月、浮浪徘徊していた患者に、少しでも人間らしい生活をと、名護屋部のその一軒家を患者の生活と祈りの場とした。屋部集落では患者排除を決議し、中に患者がいるのも構わず、家屋を打ちこわし、焼き討ちした事件。

宜保さんは、その後発刊されたご著書『三線のはなし』（おきなわ文庫）で、私の著書『花に逢はん』の親子の別れの場面を引用し、あまたの琉球古典音楽の中から、「散山節《さんやまぶし》」をたちどころに選曲して謡い上げた父の古典への精通と、音楽が持つ情愛表現の奥深い力を、「別れの散山節」と、章立てをして書いてくださった。

この曲は、『琉歌集』（島袋盛敏著）によると〝謡う処をわきまえるべしとの注釈付きの音曲〟であり、高低の声量と謡い上げる情感を必要とすることから、謡い手の固有名詞を冠して「〇〇のさんやまー」と称される、古典の中でも難曲といわれる。

それから宜保さんは、ケアハウスへの来訪の度に、茶菓子を持参で私の部屋に訪ねて来られ、歓談した。

まさに、「宜保榮治郎教授特別講義」を独り占めしているようなものであった。

古琉球の歴史に始まり、特に、「古典音楽」や「組踊《くみうどぅい》」については、豊富な学識を、手振り身振りまで加え、時を忘れるほど語ってくださった。

4階の北端にある私の居室から、道を隔てて木々が生い茂る小高い丘が望める。

そこは組踊の祖、玉城朝薫《たまぐすくちょうくん》の墓で、浦添市指定史跡になっている。その地勢も影響して、組踊の話には、特に熱を込めて語ってくださった。

当時、琉球王国は清国から、王位を認証されていたが、その使者を冊封使《さっぷうし》と呼び、37歳の玉城朝薫は1718年、冊封使歓待のため踊奉行《おどりぶぎょう》に任じられる。その時創作されたのが、音楽・踊・台詞を組み合わせた琉球王国の歌舞劇「組踊」である。

２０２０年３月３日、午後7時のニュースを視聴していた。

突然、虎の咆哮にも似た泣き声が、北端の私の部屋まで届いた。

翌朝、施設長から、――昨晩、宜保美恵子さんが亡くなられた――と、知らされた。

〝あっ！ あの咆哮は、妻の死を嘆く、宜保榮治郎さんが発した叫びだったのだ〟

――私が、もし、妻繁子の臨終に立ち会ったとしたら、どのような悲嘆の声を上げることができるのだろうか？……――

そして、その後、宜保榮治郎さんとの交誼も途絶えた。

２０２３年8月5日。

新聞各紙は沖縄文化の普及、振興に尽力してきた、沖縄文化の巨人、宜保榮治郎さん89歳の訃報を伝えていた。

私との再会の時は短かったけれど、その智力のほとばしりは、その役職を列記するだけでも首肯できる。

琉球舞踊保存会顧問、伝統組踊保存会顧問、県文化財保存審議会会長、国立劇場おきなわ常務理事。

もう少し「宜保榮治郎教授特別講義」を受けたかった……。

24の章 「守る」という媚薬

ウチナーぬ靈《たま》鎮まらん盆の月

沖縄を出て長いヤマト生活を経て久しぶりに帰郷した息子に母は、懸命に標準語《やまとぐち》の語彙を探し、話しかけてくる。

私自身は、ウチナーグチを話すことはかなり無理になっているが、聞き取る方は、まだまだ大丈夫と自信を持っていた。しかし、母が「人としての生き方」や、それを表現する琉球古来の諺《ことわざ》を口にすると、母が伝えたい真意を理解することができないのである。

時間と距離が、わが故郷の「言語」を、私から奪ってしまっていることに気付く。

この戸惑う様子の息子に、今は亡き母は、険しい表情でこう言い放った。

「敏男!! うちなーぐち、わしーりーねー、うちなーぬくとぅん、わしりーん（敏男よ、沖縄の言葉を忘れるようになれば　故郷沖縄のことも忘れてしまう）」

息子2人を来客に紹介する時は笑いながら、

「いきがちょうでーや（男兄弟は）　たい（2人）うぃびぃーしが（おりますが）、じんもーきや（お金を稼ぐことは）、ないびらん（できません）」と言うのであった。
兄の義安は、教員をしながら、基地反対運動や自然保護運動に傾倒し、退職後も毎日のように、「飛び回っている。弟の私は、社会福祉事業に携わっていたし、今は、作家を生業としている。

私はこれまで、沖縄を出たときのことを、著書でも言葉でも「パスポートを手に〝本土〟に渡った」と表現してきた。

—本証明書添付の写真及び証明事項に該当する琉球住民伊波敏男は留学のため日本へ旅行するものであることを証明する　1960年3月7日　琉球列島高等弁務官—

この片道キップになった小豆色のパスポートに書き込まれた表記を目にしながら、これまで口にした自分の言葉を反芻《はんすう》してみる。

ふるさと沖縄に59年ぶりに帰って来きて、「本土」「ヤマト」「内地」「祖国」「同化」という、私の胸の内にあるこれらの語彙を聞くと、次第に居心地が悪くなってくる。私の心の中心軸にある「沖縄」は、どうしても「戦争」と切り離すことはできない。だからこそ、「平和」を希求する思いは強いが、１９７２年の「本土並み返還」は、まやかしだとの確信があった。

１９６５年、佐藤栄作内閣総理大臣が戦後初めて沖縄を訪問し、「沖縄の復帰なくして日本国の戦後はない」と発言したことに対し、私は、邑久高校新良田教室卒業記念誌に、詩「ｍｏｖｅｍｅｎｔ」を書いた。校正段階で、邑久高校校長から「極めて政治的で、高等学校の記念誌掲載として不可」と、突き返されたが、編集員の粘り強い交渉で、発行部数を限定するとの条件で発行された。その第８期生卒業文集は、長島愛生園歴史館に所蔵されている。

高校生の表現力では生硬な詩だが、その詩で指摘した通りまやかしだったし、かえって米軍基地の機能は強化され、その上に自衛隊基地まで新設された。昨今の与那国島、石垣島、宮古島の北東アジアへの備えと称し、自衛隊基地の新設と機能強化が際限なく進められている。そして、政府は、軍民共用を目的とする特定用途港湾施設整備事業や県内の米軍基地の31カ所と国境離島を、新たに、安全保障上重要として土地利用規制指定を行なうと発表した。

ヤマトでは、災害時を想定した原子力災害時避難計画や訓練はあるが、先島諸島では仮想敵国からの攻撃に対して、原則公共交通機関を利用した九州全県への住民避難計画を立案中という。沖縄は「戦争準備」の最前線のままである。

強い表現で記すと、ヤマトは「平和ボケ」、沖縄は「基地ボケ」と、その上に、振興費という魔物によって「胃袋で理念」が、食い荒らされてしまった。

おまけに、あの悲惨な1945年の沖縄戦を実体験し、記憶に刻まれているであろう80歳以上の沖縄県民は、2022年の住民基本台帳によれば、県民総数146万6128人のうち、わずか8万8546人、構成比で6％しか生存していない。

しかし、これほど悲惨な体験を持つ夥《おびただ》しい数の祖父母がおり、ガマや戦争遺跡が至るところにあり、恒例の「慰霊の日」に平和学習があり、と、沖縄戦を学ぶ環境がある沖縄で、特に選挙の若年層の投票行動に表れる、現状維持の選択と、次第に「基地・平和問題」への無関心層が増加傾向にあるのを、歯噛みしながら見守っている。

生まれた時から、米軍基地は日常の景色のように存在する中で生活し、オスプレイが飛び交う異常さにも、耳をふさぎ、やりすごす術も、いつの間にか身についてしまった。

あの地獄のような沖縄戦から78年。

自衛隊と米軍の基地機能が強化され、「イクサ前夜」のような沖縄。その状況下でも、次第に異常と普通が、入れ替わり固定化しつつある。

1972年の復帰後、日本政府は当初、莫大な沖縄振興開発費を前面に押し立て、「防衛」という沖縄の役割を隠そうと努めてきた。しかし、この振興費を増減することで、政治カードに活用するようになった。

このカードは、ボディーブローのように、「現実的選択」に沖縄県民の一定の層を誘導し、〝どう反対しても日米政府が翻意する訳はない〟と、あきらめの風潮が強くなりつつある。

しかし、オジィー・オバーたちが体験したことを「語り継ごう」と、動き出す若者たちも現れている。この清流を大切に育み、彼らに未来を託そうではありませんか‼

日本政府にとって沖縄は、「領土」、「空」、「領海」が関心の対象であり、そこで暮らす沖縄県民の平穏な営みは慮外の対象とみえる。

政府の県民への向き合い方にも、ダブルスタンダードが明らかであり、それは、本土で暮らす〝日本人〟の意識にも影響を及ぼしている。その実証をあげよう。

2020年6月、地上配備型迎撃システム「イージス・アショア」の秋田県新屋演習場への配備計画が突然中止された。その理由が「地形の計測不良で、住民に被害が出る恐れがある」であった。ところが沖縄では、県民がどんなに辺野古新基地建設に反対しようが、国は、聞く耳を持たず「粛々と進める辺野古基地建設が第一」という言葉が返され、司法まで門前払いを繰り返す。

2016年10月、沖縄島北部の東村高江地区に米軍ヘリパッドが建設されることに反対する県民に立ち向かう、大阪府警から派遣された若い機動隊員の口から、「どこつかんどるんじゃボケ、土人が！」との言葉が出た。「土人」は前時代的な蔑称だ。若い大阪府警機動隊員の語彙ストックには有り得ない。この言葉を口にしたということは、大阪府警でどのような派遣前教育が行われているかが伺える。

沖縄本島から南西諸島の軍事化の状況を見てみよう。普天間基地の代替と称した辺野古新基地建設にはじまり、高江のヘリパッド基地、自衛隊の与那国島沿岸監視隊169人の駐留（2016年）、宮古島駐屯地に航空自衛隊・電波情報収集隊員700人の駐留（2019年）、石垣島駐屯基地、ここには抑止力を強めるための反撃能力を持つミサイルを配備し、隊員570人を配置したことで充分その増強の程度が分かるだろう。

まさに、奄美大島から沖縄本島、そして、宮古・八重山群島に張り巡らされた南西防衛ラインは、あの太平洋戦争前を想起させる重武装の島々へと変えてしまった。「イクサ」の辛酸を舐めつくした私のふるさとが平和の島になるようにとの願いは、空しいものとなりつつある。

歴史を振り返ると、450年続いた琉球王国は、1872年に琉球藩に、そして1879年、沖縄県として日本国に併合されてしまった。1945年からアメリカの統治下に置かれ、1972年に本土復帰となり、「ヤマト世からアメリカ世、アメリカ世からヤマト世」

うちなーんちゅは、あの時代、この時代に何を得て、何を失ったのだろうか？

琉球王国6代国王・尚泰久《しょうたいきゅう》王時代の1458年に造られた、首里城の「万国津梁《しんりょう》の鐘」に刻まれた四言詩233字の前半部を抜き出すと、

琉球国者南海勝地而
鐘三韓之秀以大明為
輔車以日域為唇歯在
此二中間湧出之蓬莱
島也以舟楫為万国之
津梁異産至宝充満十

方刹地靈人物遠扇和
（以下略）
戌寅六月十九日辛亥

――琉球国は明・日・韓の三国に挟まれた南の海にある蓬莱《ほうらい》の島で、舟を万国の懸け橋として貿易によって栄えた国である――と、掲げている。

私たちは、今、映像を通してウクライナ・ナイジェリア・シリア・アフガニスタン・パレスチナなどの惨状を目にしている。

「戦争や紛争」には勝者は存在しない。戦争や紛争によって私たちが得られるのは、「死」と「破壊」のみである。

世界中で起こっている紛争は、「侵す側」「守る側」も、それぞれが、大義名分を主張する。

わが国は今、中国、北朝鮮、ロシアを仮想敵国として、「責められる前に、防衛の備えを」と、軍事費を増額する政策が進められている。

日本国は、先進国では珍しく78年間、自らの軍隊が他国と銃火を交えなかった。「非戦」を柱とする日本国憲法第9条が存在するからである。しかし、この憲法も次第に「死に体」となり、自公政権とその補完政党の野合によって、改訂されようとしている。

攻めて来る危険な国々から、日米が力を合わせて、わが国を「防衛」しようと、じわじわと国民意識を誘導し、「守る」という処方箋の媚薬の薬効は、徐々に効き始めている。

小国琉球の政策は、「貿易」による国家交流であった。国家間の「貿易」は、友好関係の成立が前提条件となる。

かつて、琉球王国が掲げた国家理念と、現況の日本国の対外政策は、こんなにかけ離れてしまった。

私は、琉球に迫る近未来を危惧している。

託すべき次世代に「沖縄の未来」を語りかけるとき、剛毛の「平和論」でなく、「感性のうぶ毛」に伝わる、語り方で向かい合うよう、心がけようではないか。

78年前、家族と共にガマに身を潜め、母に負ぶわれた1歳8カ月の私は、砲撃の音に驚き、泣き声を上げげた。鬼の形相をした男が、「子どもを泣かすな！ この子を殺せ！」と、泣き叫ぶ私の口に、ボロ布を突っ込もうとした。戦争はわが命のためには、善人を悪魔に変える。

その男の手を振り払い、家族はそのガマを出た。

あのイクサの戦禍で、沖縄県民の4分の1が命を奪われ、生きのびた。その中に、赤子の私がいた。生き残りの命、私が果たすべき責任とは何だろうか？……。

生き残りの務めを見つけるために、私は沖縄に還ってきた。

80歳の老翁がやれることは限りがあり、足腰は現場に出向くのには少し不自由だが、頭の働きは、まだまだ霞がかかっていない。そして、パソコンのキーも叩ける。

〝固有名詞を奪われた死者の涙と血〟を、私のふるさと琉球の土の上に、再び沁み込ませないことに、残りの人生の務めを果たそう。そうだ!! それに違いない!!

PEACE
R.F

25の章　虹の連環

アイリスや寄合いのごと咲き騒ぐ

私たちが運営している「ＮＰＯ法人クリオン虹の基金」の名称は、フィリピン共和国の首都マニラから、南西に３２０㎞離れた、小豆島の約２・５倍の広さがあるクリオン島から付けられた。

この島は、米国統治下の１９０６年、ハンセン病患者の隔離の島となった。わが国の隔離政策推進者、光田健輔医師がクリオン島をモデルにし、１９３０年、瀬戸内海の長島に国立らい療養所長島愛生園（１９４１年に国立療養所長島愛生園と改称）を創立した。

独立後のフィリピン共和国では１９５２年にハンセン病患者の隔離法が廃止され、１９６４年、患者の治療は一般病院で行われるようになった。

ハンセン病患者隔離の島としてのクリオン島の役割は終わり、その後、この島には、元患者や家族、医療に関わった人やその子孫、漁師などが移住しともに暮らすようになった。

島の首長に元患者が選出されたこともある。以前のハンセン病関係の医療施設は、地域医療を支える総合病院となった。

私も、この島を2度訪ねた。マニラから小さな飛行機でコロン島まで飛び、そこから小舟で2時間ほど揺られると到着する。島に近づくと、遠くから教会の鐘の音が聞こえて来た。船長に〈あの鐘の音は?〉と、聞くと、「Mr.Ihaが間もなく島に着くと、無線連絡をしました。あの教会の鐘は、島民への知らせの鐘です」と教えてくれた。

船着き場には笑顔が並び、私の首にはマンゴーの花のレイがかけられ、楽隊がそれぞれの楽器の音程は不ぞろいながらも高らかな音を吹き鳴らしてくれた。

この歓迎ぶりは、医師と看護師を目指して学ぶこの島の2人の学生に、「伊波基金」を授与していたからだと思う。

「NPO法人クリオン虹の基金」は、2002年に、WHO西太平洋担当医務官のスマナ・バルア博士が、佐久総合病院の色平哲郎医師、長純一医師と一緒にわが家に来訪したことがきっかけで設立された。

バルア博士は自ら学んだ、フィリピン国立大学医学部レイテ分校（School of Health Sciences, 略称ＳＨＳ）の階段式保健医学修学システムを熱っぽく話してくれた。

「卒業生は国家資格を得ると、全国に散り、地域医療に尽くしています。とても、素晴らしいシステムですが、もっと、多くの学生を入学させ、医療従事者を育成したいのです。しかし、資金が足りません。フィリピンは、まだ、貧しい国です」

バルア博士が口にした言葉が突然、私に、〝あの時〟を思い出させた。

私の頭に１９５７年の一つの映像がプレイバックした。

戦後、沖縄では医療は崩壊状態であった。見かねた日本医師会は、医療援助を琉球民政府（アメリカ統治機関）に申し入れるが、民政府は十分対処しているとして、その申し入れを拒否する。しかし、なぜか１９５７年、らい（当時の病名呼称）病専門医一人の派遣を容認する。この医師の呼称をらい専門招聘《しょうへい》医という。

――本土から招かれたその招聘医が、私のらい病発症を診断したが、その医師が、こぶして机をたたきながら口にした言葉が、頭によみがえった――

「沖縄の医師たちは、何をしていたのだ！　この子が、ここまで病勢が進むまで、病気の発症を発見できなかったのか!!……」

――そうなのだ。私の身近に、もし、医師がいれば……――


丁度、その時、私の元に厚労省から「ハンセン病療養所入所者等に対する補償金」1200万円の支給通知が届いていた。

それから数日後、私のすすめで東村山市の多磨全生園に隣接する「高松宮ハンセン病資料館（現国立ハンセン病史料館）を見学に行った長野の小学校教師Sさんが、西武新宿線の久米川駅からタクシーで移動中、全生園にさしかかった。運転手が「お客さん、この中で暮らす患者さんたちは、一切、自己負担なしの暮らしが補償され極楽です。おまけに、国から1千万を越すお金が貰えるそうで、毎日、汗水流して働いているのが、バカらしくなります。まだ、それでは足りないと言っているそうです。その上、何を欲しがるのでしょうかね」

Sさんは、この運転手の言葉に、一言も反論せずに下車したことが悔やまれると、口惜しさを抑えきれない表情で話してくれた。

翌日、妻の繁子に、この補償金を「奨学金」として提供することに承諾を求めたところ、「全面的にOK」が得られ、奨学金制度「伊波基金」が発足した。


「伊波基金」は、2013年、「NPO法人クリオン虹の基金」と改称され、新事務局長を公認会計士の弓場法さんが引き継いだ。会計事務所を経営しながら、超多忙の中を基金の運営や企画で、多くのアイデアを出してくれる。

弓場さんとの出会いは、毎年招かれている、長野市立長野高校の戸崎公恵先生のノーマライゼーション授業である。「ハンセン病問題」をテーマに話した折、その教室で生徒に交じって聴講していたのが弓場さんであった。

そのことを契機に、当初は「伊波基金」の監事をお願いし、その後、「NPO法人クリオン虹の基金」の発足に伴って事務局長就任をお願いし、煩雑な県への提出書類や事務局の運営等を引き受けてもらっている。

「ＮＰＯ法人クリオン虹の基金」の活動に共感して個人・団体から寄せられた浄財は、フィリピン共和国の「サンバリ財団」によって管理、運用され、フィリピン国立大学医学部レイテ分校（ＳＨＳ）から推薦された学生に奨学金が授与される。これまで医師１人、保健師・看護師９人、助産師７人が国家資格を得て、地域医療に従事している。

また、基金を管理運営している「サンバリ財団」は、フィリピン国内でＳＤＧｓ運動にも力を入れ、貧しい農民に「有機農法」を指導・支援している。「ＮＰＯ法人クリオン虹の基金」も、この活動に共感し、２０１８年から支援をはじめた。

先にも述べたが、「ＮＰＯ法人クリオン虹の基金」の弓場事務局長のアイデアは豊富で、次々と新しい試みが動き出している。

彼は、私の人生や考え方は、これまで刊行された書籍や講演活動などで広く知られているが、映像というメディアで伝えることも必要であると言う。そして、長野県同和教育推進協議会の清水稔事務局長にインタビューアーを担当してもらい、動画を制作することになった。

特別編のインタビューは、ＳＢＣ（信越放送）ラジオキャスターの広沢里江子さんが担当して、沖縄と長野をＷＥＢで結んだ。

全編の構成を弓場法さん、編集を山猫舎、題字は冨永房枝さん、背景画は暦、音楽は寺尾沙穂・タテタカコ、演奏タテタカコ、竹川也清、特別編の歌・三線を目取真永良さん（散山節）、ドローン撮影をプロトソリューションが担当した。

この映像作成には、実に多くの方々の支援を受け、「人間復権のための旅路」のタイトルで26回、「伊波敏男が考えてきたこと」で5回、〔特別編〕１回の全32回、延べ9時間を超えるシリーズが完成した。

この映像は「ＮＰＯ法人クリオン虹の基金」のホームページとＹｏｕＴｕｂｅで視聴ができる。また、全編をＤＶＤに収録し、国立国会図書館をはじめ、これまで関係があった全国の主要図書館、特に、沖縄では大学にも無料配布された。

ここで、特記したいことがある。この映像は全32回を通して字幕入りである。作業を宮下由美さん、娘さんの信州大学学生の宮下由羽さん、宮下紗英さんが家族ぐるみで担当してくれた。

私の滑舌の悪さをカバーし、ハンセン病に関する医学・特殊用語も見事に字幕化してくれた。

その縁で、宮下由羽さんは、2023年6月11日に長野市で開催された「ハンセン病市民学会全国交流集会in長野」の初日、長野県知事、長野市長や来賓が多数列席する本集会の総合司会の大役を、見事に務めてくれた。アッパレなり!!


2017年、フィリピン国立大学医学部レイテ分校の2回目の卒業式と奨学金贈呈式に出席したとき、次のようなできごとがあった。式典が終わり、卒業生と歓談しているとき、1人の女性がその人の輪を押しのけるようにして、私に近づき、いきなり私の手を握り、涙を浮かべながら「Thank you! Thank you!」と、声を掛けてきた。

通訳の助けを受けて、せき込むように早口で話す彼女の言葉を、私は懸命に聞き取った。

「レイテ分校からの連絡で、Mr. Ihaが卒業式に列席されると知りました。私の任地から3日間、小舟を乗り継ぎ、やっと間に合い、お会いすることができました。

私の家庭やバランガイ（小単位の自治体）は、とても貧しいのです。幼いときから、看護師になり、地域の人たちを病気から守りたいとの夢を持っていましたが、経済的な条件で、それは叶えられない高望みでした。ところが、フィリピン国立大学医学部レイテ分校から、『伊波基金（現NPO法人クリオン虹の基金）』の奨学金制度が発足したので、入学手続きと奨学金受給申請書を提出するよう連絡がありました。早速、手続きをすませると、学校から入学と奨学金授与の報せが届きました。私にも夢の道の扉が開いたのです。

レイテ分校で学び、国家資格を得て、今は保健師として、毎日20kg近くの医薬品や医療器具を詰めたリュックサックを背負い、担当地域の医療・保健活動に従事しています。

卒業式でのあなたのスピーチで、伊波基金による奨学金制度にはどのような思いが託されているかの一端を知ることができました。

学長から、Ｍr．Ｉhaは作家で、日本で何冊も本を書いていると聞きました。きっと、その本の中には、Ｍr．Ｉhaの生き方や考え方、そして、これまでの人生のできごとが書かれていると思います。しかし、とても残念なことには、私たちは、日本語のあなたの本を読むことができません」

残念そうな表情を浮かべながら口にした彼女の言葉が、ずーっと、私の心中に埋もれ火のように残っていた。

その話が、WEB「人間復権のための旅路」の字幕作業に取り組んでいた信州大学生宮下由羽さんの耳に入った。

「弓場事務局長、私、伊波さんの『花に逢はん』の英訳に挑戦してみたい」

この申し出が契機となり、この度、多くのボランティアの助けを得て、私の処女作、『花に逢はん』の英訳が始まった。

「念ずれば通ず」である。善意のリレーと情熱が実を結んだ。

この英訳はプロの翻訳者の手によってなされたものではない。だから、英語圏の皆さんにとっては、文学的な表現や文化に対する説明などで、流ちょうな英訳レベルに達していないことは、著者の私は承知している。

この『花に逢はん』の書名さえ、現代日本語表記では、「花に逢はん」の「は」は、「花に逢わん」の「わ」となり、日本語を母国語とする人でも、今はなじみのない古文表記になる。

書名だけでもこのような問題が起こる。『花に逢はん』の訳出について、私が求めたのは文学性や文化表現の完璧な英文訳ではなく、私の人生の足跡と社会へのメッセージを英語圏の皆さんに伝えることである。

プロの翻訳者ではなく、英語を学んでいる方たちの善意の連環によって翻訳された、まさに手作りの「価値」ある作が、実を結んだのである。

これこそが、私が著書『花に逢はん』で伝えたかった、心の「命」そのものである。

〝遠藤正子さん、宮下由美さん、宮下由羽さん、宮下紗英さん、弓場法さん、弓場ます美さん〟

翻訳に携わった方々のお名前を、感謝を込めて、ここに記す。

「NPO法人クリオン虹の基金（伊波基金）」の奨学金受給者の皆さん、フィリピン国立大学医学部レイテ分校卒業生・在学生の皆さん。間もなく英訳『花に逢はん』は、「クリオン虹の基金」のホームページとYouTubeで、視聴できるようになります。

２０１７年のフィリピン国立大学医学部レイテ分校の卒業式での私のスピーチは、後日、フィリピン国立大学医学部長のホームページに掲載された。

A Message to Students Studying at SHS

日本国のハンセン病患者は、不幸にも病名がハンセン病であるとの理由だけで、「強制隔離」という無期懲役刑に処されました。その法律は「らい予防法」と呼ばれ、判決の大義名分を「公衆衛生」に依拠し、病人たちの罪名は「ハンセン病」、刑期を「終生隔離」とされました。人が人を辱《はずかし》め、多数者のために病人が棄《す》てられ、そして、その家族までいわれのない「汚名」のもとで、人間としての尊厳まで否定されました。

病人とその家族を絶望まで追いやった「らい予防法」は、ようやく１９９６年に廃止されました。日本国は２００１年、「らい予防法」に依拠した隔離政策の過ちを認め、ハンセン病罹患者とその遺族に謝罪し、被害を受けた人たちに賠償することを決定しました。

人は誰でも生まれたときから、存在する意味を持たされます。そして、誰もが公平で自由な夢をもち、その実現へ向けて努力します。しかし、病は時として、多くの苦しみと涙を人に与えます。不安と肉体的苦痛や社会的挫折が、どのようなものであるかを、自分の身に経験した人々は、痛みや苦しみ、そして、悲しみを知る者です。だからこそ、自分以外の人には、同じ苦悩を体験させたくないと望んでおり、私もその一人です。

この基金は伊波敏男に支払われた賠償金によって創設され、基金からの奨学金は、フィリピン国立大学医学部レイテ校から推薦されたアジアの学生に付与されます。

医学は人間を苦悩と挫折に追いやるものと闘いつづけてきました。伊波敏男基金（現NPO法人クリオン虹の基金）から奨学金を受ける者は、何よりも人々の命を愛し、人間を苦しめる病気に立ち向かう勇気と情熱を持ってほしいと、願っています。

Date: June 21, 2017

R.F
Salamat
フィリピン語 ありがとう.

26の章　尊厳の秤《はかり》

依怙地にも散り残しての冬紅葉

２０２３年５月、厚生労働省は、ハンセン病に対する「偏見と差別」の社会意識を調査することを明らかにした。私は新聞報道でこのことを知り、驚きを禁じ得なかった。なぜなら、２００１年の違憲国賠訴訟判決によって、国家政策の過ちを謝罪し、法律、各種の制度まで策定して22年、これまでの歴史の失敗から学び、ハンセン病に罹患した人たちや家族が、差別や偏見に苦しむことなく、一般社会で共に暮らす国家目標を打ち立て、取り組んできたはずではなかったのか。それを、今、社会意識の到達度を調査する。これは、主客が全く逆ではないか。

社会の「偏見と差別」を除去するために、関係省庁は何をしてきたのか、何ができなかったのかを、まず、国民に明らかにすべきである。

ハンセン病の社会的烙印は強固である。古来より刷り込まれた社会意識は、並みの取り組み方では、乗り超えることは困難である。

「らい病（ハンセン病）」は古代から存在し、原因不明、その上、症状が醜悪で、西洋では神からの罰、東洋では前世に犯した報いの業《ごう》の病として、人々は恐れ、発症した病人たちは、集落やコミュニティーから追われ、苦難の放浪の生涯を送った。

しかし、1873年、ノルウェーの医師アルマウェル・ハンセン医師によって、この病は、結核の仲間の抗酸性稈菌の「らい菌」による感染症であることが発見された。

1950年代に至り、これまで世界各国で恐怖と蔑視をこめて呼称されていたこの病気の呼称は、世界共通の以下のように統一された。

「ハンセン病・患者の英語表記を leprosy 病名を Hansen's disease」


わが国のハンセン病問題を時系列で追いながら検証してみたい。

明治政府は国家政策として、西欧文化を取り入れるために、多くの外国人を受け入れた。その中にキリスト教伝道のために多くの宣教師たちがおり、彼らが津々浦々で目にして驚いたのは、神社仏閣にたむろし、物乞いをしているらい患者集団の姿であった。

〝これが近代文明国家を目指している日本国の現状なのか〟

宣教師や招かれた欧米の文化人たちから、明治政府にさまざまな批判と提言が寄せられた。

国家の体面を重要視した明治政府は慌て、1907年、法律「癩《らい》予防ニ関スル件」を制定した。しかしながら、この法律の目的は患者の救済ではなく、国家の体面保持と治安対策だった。このボタンの掛け違いが、わが国のハンセン病患者に対する人権無視政策が、諸外国に40年も立ち遅れる要因となった。

戦前、わが国は天皇を頂点とする「神国」であり、その中で撲滅されるべき病人集団が「らい患者」であった。

1929年、国民を総動員した「無らい県運動」は、その象徴的なできごとであった。この国民運動に触発されたかのように、1931年、患者の強制終生隔離政策を目的とする法律「旧癩予防法」が制定される。

太平洋戦争後、新日本国憲法下の1953年、「強制隔離政策の廃止」を求める患者の激しい運動が展開されたが、国民の無関心による孤立無援の中で、強制隔離政策を維持したままの、法律名「癩」をひらがなに変えただけの「らい予防法」が施行された。同年制定された優生保護法もハンセン病を対象にした。

私のハンセン病感染は、1944年の沖縄戦の最中か、戦後の混乱期とされている。沖縄では戦後、アメリカ軍政下にありながら、日本国の「らい予防法」の法趣旨が踏襲されていたが、1961年、沖縄独自の「ハンセン氏病予防法」が施行された。

この法律は、外来診療・投薬と社会復帰等の条文明記がなされていることは評価すべきであり、学校や地域検診活動で、早期患者の発見で成果も見られた。アメリカ民政府側の同法制定の意図は、治癒した患者の退所を促進し、未収容患者の収容を図ろうとする財政効率と公衆衛生上の選択によるものであった。

日本国は、WHOや諸外国から批判を受けながら、1996年にようやく、「らい予防法」を廃止した。その後、この法律によって人権被害を受け、人間の尊厳を奪われたとする「らい予防法違憲国家賠償訴訟」が当事者から提訴され、熊本地方裁判所は、原告の全面勝訴の判決を下し、併せて立法府の不作為の責任まで断罪した。

政府はこの判決を受け、控訴を断念し、判決は確定した。その後、「内閣総理大臣談話」を国民に明らかにし、衆・参両院も謝罪の決議をした。

２００１年６月、「ハンセン病療養所入所者等に対する補償金の支給等に関する法律」を制定し、ハンセン病罹患者への補償金が支給されるようになり、私にも１２００万円の支給通知が届いた。

その後、幾度か法律は改正され、旧植民地時代の韓国小鹿島《ソロクト》更生園入居者へ８００万円の補償金も支給された。

２００８年、別称「基本法」と呼ばれる「ハンセン病問題の解決の促進に関する法律」によって、ハンセン病問題の根本的な解決をこの法律で目指すことになった。

その後２０１９年、「ハンセン病家族訴訟」も、原告が勝利し、家族が受けた人権被害にも国は１３０万円～１８０万円の補償金を支払うことになった。

家族訴訟の原告は５６８人に上るが、実名で訴えた原告は数人で、他は訴訟番号名であった。

厚生労働省は、受給対象者を2万4000人と予測していたが、現在まで受け取った受給者は6431人、予測受給者の26・8％に過ぎない。

コロナ禍中、この補償金は一時的にしろ、生活支援の糧になるはずであるが、申請者のこの少なさは何を物語っているだろうか。この実態は、ハンセン病の家族を明らかにすると社会的差別を受けることへの不安が、今もなお、存在している証左である。

ここで、1907年から2010年までの、わが国のハンセン病の隔離政策の実態を、森修、石井則久両氏の研究資料を参考に検証してみる。

●患者隔離総数　5万6575人

●療養所内死亡者　2万5500人　●誤診収容者310人　●転園者4530人

●軽快退所者数　7124人　●自己都合退所者数1万2378人

※自己都合退所者とは、管理者当局の責任逃れの用語で、療養所からの逃走者のことである。

１９５６年、厚生省（当時）は隔離政策を維持したまま、「菌検査で陰性かつ2年間の経過観察」後、軽快退所を許可するという、「軽快退所準則」を各療養所に示達した。

わが国でハンセン病を発症した人たちは、国の政策によって、人格や人間としての尊厳を奪い尽くされてきた。それらの事例を列挙する。

１９１６年、ハンセン病療養所所長に、所内秩序維持のため、警察権・裁判権を併せ持つ「懲戒検束権」を付与し、各療養所に監房を設置し、管理に不満を訴える者に罰則を与え、監房に収監した。その上１９３８年、群馬県草津の栗生《くりう》楽泉園に「特別病室（特別監房）」を造り、全国の療養所から93人を投獄、うち23人が獄死した。その「特別病室」は、負の歴史遺産として、同療養所内に再建され、公開されている。

１９２０年、わが国は優生保護法を制定するが、長島愛生園では光田健輔医師が、国内法制定前の１９１５年から、違法にも患者の不妊手術、堕胎を執刀。治療薬プロミン投薬が始まった１９４９年以降も、ハンセン病療養所では不妊手術１５５１件、堕胎７９６９件が行われていた。

違憲訴訟後、国の委託を受けたハンセン病問題検証委員会が、全国のハンセン病療養所を調査した結果、ホルマリン漬けの胎児114体が発見された。

新憲法下、国民の裁判はすべて裁判所内で公開で行われると規定されているが、自然災害など特別な状況下では、「特別法廷」を設置し、裁判を行うことが認められている。

これまでの「特別法廷」開廷総数は113件であるが、そのうち、ハンセン病関係の隔離法廷が95件の84％を占める。司法においても、いかにハンセン病患者の人格権を無視していたかがうかがえる。その後、最高裁判所と最高検察庁が過ちを謝罪した。

1907年から2010年まで、ハンセン病療養所の隔離を脱した人たちは、正式な許可を受けた「軽快退所者」7124人と「自己退所者」いわゆる「逃走者」1万2378人の合計、1万9502人となる。

しかし、人間の尊厳を取り戻し、人生の再出発を図ろうと社会復帰した人たちを待ち受けていた環境は、「偏見」と「差別」が渦巻いており、「元ハンセン病者」という、烙印から逃げることはできなかった。

社会の偏見を恐れ、病歴を隠して就職口を見つけるには、労働条件も環境も、その上、社会保険等が整備されていない職場で生活の糧を得るのが通例であった。

ハンセン病療養所を脱した退所者は、三つのタイプに分類される。

一つのタイプは、私もそのひとりであるが、医療上正式に認定を受けた「正式退所者」である。私の事例では、事前に組織の一部を採取され菌陰性が証明され、園長以下4人の医師とケースワーカーが参加する会議が、私を囲んで行われ、全員一致の合議で、私の「社会復帰」が認められた。

次のタイプは、管理当局が責任を回避する用語で「自己退所」と表記する、いわゆる「逃走者＝療養所脱走者」である。

そして、高度成長期の1950年代から70年代、三つ目の新たなタイプが加わる。療養所内に安い労働力を求める手配師の手が伸びてきた。

後遺症の軽い入所者が、労働現場と療養所を往復するようになる。その後、療養所に籍をおいたまま、社会に定住する者が生まれる。これらのグループは、「労務外出者」と呼称され、施設管理側も黙認していた。

全国の国・私立15カ所のハンセン病療養所の入所者数は、2023年現在、890人、平均年令が89・7歳となり、とうとう、千人を切るようになった。あと10年もすれば、わが国のハンセン病療養所から、元患者が姿を消してしまうであろう。

ところが、今、ハンセン病療養所の入所者内訳に、ある異変が起きている。

朝日新聞の報道（2021年6月6日付）によれば、1996年の「らい予防法」廃止から現在まで、ハンセン病療養所に、かつて社会復帰した313人が、病気の再発でなく、自分の意思で再入所しているのである。

その人数は現入園者の3割超に迫り、私が住む沖縄にあるハンセン病療養所に直接、問い合わせたところ、沖縄愛楽園では再入園者が50人で、その比率は入園者総数の42・1％。宮古南静園では22人で59・5％を占めているという。

わが国は、過去の誤ったハンセン病政策を反省し、ハンセン病元罹患者が、普通の社会で共に暮らすことを国家目標に掲げ、法律や制度を整備してきた。

「ハンセン病問題の解決の促進に関する法律」によって、「退所者給与金」制度が発足し、これまで国からの支援を受けられず懸命に生きてきた社会復帰者に、国賠訴訟勝訴による補償金に次ぐ、干天の慈雨にも等しい支援が開始された。この法律では、新たに病気の再発が理由でなくても、望めば、ハンセン病療養所に再入所することも可能となった。

「ハンセン病問題の解決の促進に関する法律」の前文は、高らかに次のように宣言している。

「国の隔離政策に起因してハンセン病の患者であった者等が受けた身体及び財産に係る被害その他社会生活全般にわたる被害の回復には、未解決の問題が多く残されている。とりわけ、ハンセン病の患者であった者等が、地域社会から孤立することなく、良好かつ平穏な生活を営むことができるようにするための基盤整備は喫緊の課題であり、適切な対策を講ずることが急がれており、また、ハンセン病の患者であった者等に対する偏見と差別のない社会の実現に向けて、真摯に取り組んでいかなければならない」として、ハンセン病療養所退所者の福祉の増進、生活安定等を目的として、「ハンセン病療養所退所者給与金」が支給されるようになった。私もその制度の対象者であり、私の「退所者給与金」受給番号は、5桁の10002-1である。ハイフン以下の数字は、その家族の回復者受給対象者数を示しているが、「-1」は、受給者は私1人であることを示している。

厚労省は川田龍平参議院議員のヒヤリングに対して、2023年4月現在の社会復帰者受給者は870人であると回答した。私の受給番号に表示されている番号が受給者の桁数を表示しているとすれば、制度開始から15年の間に、受給者の9割が亡くなっていることになる。

調査時点で少しズレはあるが、ハンセン病療養所入所者890人、一般社会で「退所者給与金」の受給者870人の合計1760人が、わが国のハンセン病罹患者の生存者総数となる。

現在、社会復帰者・非入所者への給与金は、次の通りの支援制度がある。

退所者・非入所者給与金（単位：円）			
	退所者２人	退所者１人（扶養有）	退所者１人
既退所者	281,700	192,100	176,100
新規退所者	422,600	280,100	264,100

※既退所者１人、新規退所者１人によって構成される退所者２人の世帯について
※別途、退所者が非退所者を扶養する世帯においては、16,000円が加算される。この「退所者給与金」は、「ハンセン病補償金」と「家族補償金」と同様、租税、その他の公租公課の適用除外とされている。
(176,100+105,600+88,000) ÷ 2=184,850円（１人当たり）

「なんと優遇されている人たちだろう？　国はなぜ、これほどまでハンセン病関係者を厚遇しているのだろう？」と、賢明な読者は疑問を持たれるだろう。

〝ハンセン病はどんな病気？　強制隔離？　断種・堕胎？　特別病室？　特別法廷？〟

ハンセン病を発症した人たちは89年もの長い間、国家政策によっても特別な場所に隔離され人生を奪われ続けてきました。その過ちは司法で裁かれ、人間としての尊厳救済の対価として、「補償金」「退所者給与金」が支給されている。

読者のあなたは、この人たちへの国からの高額の支給金に、なぜ？の疑問にたどり着きました。国の過ち？国の責任？　違憲国家補償？　退所者給与金？　家族補償？　……。

やっと、あなたは、今、国家が犯した医療政策の最大の過ち「ハンセン病問題」の扉を開けようとしています。

今、ハンセン病療養所で、ある異変が起きていると述べた。

「偏見や差別」が荒れ狂っていた社会で、〝人間の尊厳をとり戻したい〟と身を潜めるように生きてきた人たちが、病気の再発ではなく、自分の意志で、「ハンセン病療養所」に再入所しているという。なぜか？

ハンセン病関係者は老後も「差別」や「偏見」のない一般社会で共に暮らせると、ノーマライゼーションの旗を、高々と掲げたはずだ。


2019年、私は、一般社会の老人施設入所手続きをしていた。

すると、私が受給している「退所者給与金」が理由で、老人福祉施設入所にあたって、重大な問題に直面することが判明した。

これまで支給されてきた「退所者給与金」は、収入として施設入居者利用費算定の対象となり、利用料は最高額の認定となる。「給与金」17万610円は、利用料として手元から、ほとんど全額が消えてしまうのである。

あれだけ高らかに政府が宣言した「ハンセン病療養所退所者の福祉の増進、生活安定等を図る」目的で作られた制度は、ハンセン病療養所を退所し社会復帰した人たちが歳を重ね、高齢化し、老人福祉施設を利用することを想定しない瑕疵設計だった。

国の政策の過ちによる被害者の救済制度には、他に、「原子爆弾被爆者に対する特別措置に関する法律」（1968年）、「公害健康被害の補償等に関する法律」（1973年）の補償金制度がある。老人福祉法では、この2法による被害者補償は、費用徴収対象から除外すると、条文に明記されている。しかし、「ハンセン病療養所退所者・非入所者給与金」については、適用除外の明記がない。その反面、「ハンセン病元患者家族に対する補償金」は、老人福祉課から各自治体へ、老人福祉施設利用費からの除外通知が届いている。

一般社会で人間らしい生涯を全うしたいと願った社会復帰者が、老人施設を利用しようとすれば、「給与金」は施設利用料で吸い上げられ、低い国民年金から医療費、日用品費等の購入は自己負担となり、豊かな余生は望めないことになる。

ところが、ハンセン病療養所を老後の地に選べば、全く違う老後生活が開ける。

もちろん、「退所者給与金」は支給停止となるが、介護・生活・医療は、すべて国費負担となる。厚生年金、障害福祉年金、国民年金は、入所後も継続受給となる。

これではまるで、国が社会復帰者を「療養所再入所」に追い込んでいるようなものではないだろうか。


人間らしい生き方を求めて、ハンセン病療養所から社会復帰し、「給与金」を受給している人たちは、現在、たったの870人である。せめてこの人たちが望めば、一般社会に存在する老人福祉施設で余生を送り、「人間の尊厳」を守り抜き、これまで暮らした近くの地で終生を迎えさせて欲しい。

その実現には、国は新たな財政負担を要しない。厚生労働省老健局から、各自治体に通達を一通送れば解決する。「ハンセン病社会復帰者に支給されている給与金は、老人福祉施設の利用費用算定対象から除外する」と。

社会復帰者がハンセン病療養所に再入所する事態が続出している問題について厚生労働省に問題疑問を提起したところ、「国はハンセン病問題の解決に対して法律、制度上、やれることはやり尽くした。これ以上、何を望むのか」と、冷たい反応が返ってきた。

現在のわが国は、コロナ禍もあり、２０２３年８月の生活保護被保護世帯数は、１６４万８１０１世帯となり、前年同月に比べ８５９６世帯増加しているという。国民生活は極めて厳しい状況下にある。

このような現況下で、社会復帰者の「給与金問題」を提起すると、給与金の16万７１００円の金額のみがクローズアップされ、この問題提起の真意が見えなくなるが、この「退所者給与金」の高さは、逆に、いかにこの人たちの人生が苛烈であったかの証明でもある。せっかく社会復帰した人たちが、なぜ？　また今、ハンセン病療養所へ再入所するのか？

どんな状況下であれ、当事者が口をつぐんでいてはいけない。わが国の政策に翻弄されたハンセン病患者が直面した問題点が、将来わが国から元患者がひとりもいなくなった時、歴史から抜け落ちてしまう懸念がある。自分の意志で人間復権を得るために療養所を脱した人が、老後、自分の意志で再び、元の療養所に戻る。

人間としての生きる選択基準は、〝経済か？　尊厳か？〟

この踏み絵を彼らに踏ませるのは、余りに不条理ではないか！

私は夢見ている。

「私、かつてハンセン病を患いましてね」と、隣近所との茶飲み話の中で、何のわだかまりもなく話せる時代が来ることを……。

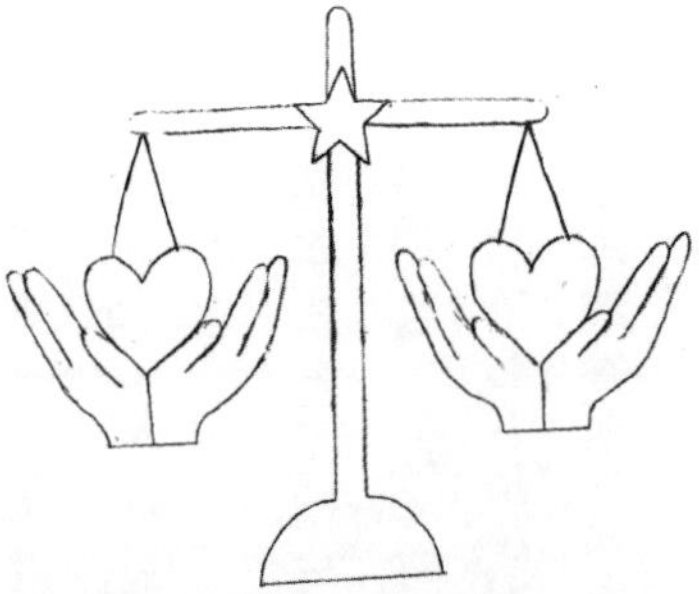

終の章　ニライカナイへ

冬木立競いて凛と天を指す

いよいよ最終章である。

人には公平なものがひとつだけある。それは「死」である。

私も80歳を迎えたことを契機に、この『ニライカナイへの往路』を書きはじめた。

この施設「ケアハウスありあけの里」に入居して3年を過ごしたが、名前を覚えきれないうちに、数人の方の姿が食堂から見えなくなった。

高齢者施設では「あの世への旅立ち」は、日常的なできごとである。


仏教では、人生には避けられない苦悩に「生・老・病・死」があり、その他に、愛別離苦《あいべつりく》・怨憎会苦《おんぞうえく》・求不得苦《ぐふとっく》・五蘊盛苦《ごうんじょうく》が合わさって「四苦八苦」と、教えているそうだ。

「病」には、軽・重があり、「老」にも、壮・健がある。さて、「死」とは……。

慌てず、あせらず、穏やかに……。

私は、終末（死）を、どのように迎えることができるのだろうか？


私の思想の変遷《へんせん》をたどると、少年期（ハンセン病療養所入所時）は、尊敬するクリスチャンが身近に多くおられたので、その影響を受け、15歳で自ら進んで「洗礼」を受け、パウロ・伊波という生まれ変わりの新しい名前をいただいた。

固有名詞であるはずの「名前」が、伊波敏男↓関口進＝パウロ・伊波↓伊波敏男と移り変わった。

しかし、高校3年生の時、キリスト教の教えでは、「沖縄問題」や「ハンセン病問題」に対峙《たいじ》できないのではないかと思い悩み、私の思想軸は唯物論に傾いた。その後、私の人生を律した「社会と疾病」の関係性を探求し続け、今なお、答えを探し続けている。

では、お前は「神」や「仏」の存在を信じているかと、問われれば……。

私の周りには、優れたキリスト教信者や仏教徒がたくさんおられた。その方々の生き方や論述から、私は多くの人生の学びを得た。

私の短い生涯では、その階《きざはし》の１段目に足を掛けることはできたかも知れないが、身も心もすべてを預けるには至らないままである。

私の智力と残り少ない時間では、とても、とても、―GAME OVER―と、なりそうである。


では、この作品名を『ニライカナイへの往路』としたのは、なぜなのか？

「ニライカナイ」の存在を信じているからか？


沖縄ではあの世を「ニライカナイ」と称するという話をよく耳にする、『沖縄大百科事典』（沖縄タイムス社）によると、ニライカナイは「人間の住む世界と対比的に認識された他界、別の世界を意味する。ニライ・カナイという世界が、海のかなた、もしくは海の底・地の底にあってそこから人間の世界、村落に神々が訪れてきて、さまざまな豊穣、幸などをもたらしてくれるという神観念、超自然観と結びついた他界観である」とある。

「往路」とは「片道キップ」である。なぜ？　「帰りのキップ」はないのか？

私は、「ニライカナイ」の存在を、まだ、信じきれていない。その理由は、「ニライカナイ」からの「帰りのキップ」を手にした人から、土産話を聞かせてもらっていないからである。でも未来永劫時を刻まない「常世」の国があるとすれば、それは、まことに心が浮き立つではないか。

入所後、かじまやークリニックの金城聡彦診療所長と看護師と、私と繁子との面談が行なわれ、今後の医療に関する説明がなされた後、利用者・家族の意志も含めて文書へのサインが求められた。

〈心肺停止の対応〉

①人工呼吸器　希望しない
②心臓マッサージ　希望しない
③心臓カウンターショック（ＡＥＤ）　希望しない
④施設での看取り　希望する

〈病気になった時の対応〉
①施設において点滴　希望する
②施設において酸素　希望する
③施設において薬物投与　希望する

〈栄養管理〉
①口からの共食　希望する
②点滴　希望する
③経鼻栄養　希望しない
④胃瘻　希望しない

医療法人五色会　かじまやークリニック
主治医　金城聡彦　殿
私は、主治医より以上の対応に関して説明を受け同意します。
令和1年11月28日

利用者氏名　伊波敏男（生年月日　昭和18年3月14日）
同席者家族署名　伊波繁子（続柄　妻）
同席者職員名　新城栄　職名（看護師）

私は終末の地を、どこで、どのように迎えたいのか？

私は、迷うことなく、ケアハウスありあけの里―4階17号室―で迎えたいと願う。

今、後慮の憂いをなくすために、友人の弁護士と司法書士の助けを借りて、「公正証書遺言」を策定した。

また、琉球大学医学部への「献体」については、「琉球大学でいご会」に関係書類の送付をお願いしたところ、会報が一緒に送られてきた。ただ、次回の受付は、２０２３年９月１日との案内をいただいた。

繁子の了解が得られれば、私の「献体」申し出の決定は、２０２３年９月１日に決まる予定であった。

今回長野へは、私の死後、琉球大学医学部へ「献体」したいとの意思を繁子に伝え、了承してもらいたいとの悩ましい課題を抱えて帰省した。

「でいご会」に宛てて、「私は80歳のハンセン病回復者であり、現在、老人施設に入所しております。私の身体は１９６１年、信州大学卒の若い整形外科医によって７回の実験的な腱移行手術を受けており、現代の医学生にとっては、臨床対象として貴重な対象となるであろう」と、事前に私信を出していた。

折り返し「でいご会」から、「献体」についての関係書類と、会報が届いた。その一式書類は繁子に転送してあった。

最近、私は長野へ行く時、東京経由は好まず、那覇・小松便を利用して石川県へ行き、金沢始発の北陸新幹線に乗り上田駅で下車する。

小松空港には繁子が出迎えていた。新幹線に乗り込み、どこかで「献体」について口火を切るきっかけを探っていたが、とうとうこの話題に触れることなく、上田城の櫓《やぐら》を目にして下車した。

信州の8月も全国と同じ酷暑が続いていた。それから1カ月、「献体」についての話はお蔵入りとなっていた。

西日が部屋に射していた。いつもより早めのシャワーを浴びた。風呂上がりには必ず、「今から上がるよ」と繁子に声を掛ける。その理由をお伝えすると、私の身体にはハンセン病の後遺症によって、両手の肘から指先まで、左足膝から指先までと、右臀部の一部に知覚マヒがある。そのため打ち身や切り傷に出会っても、自分では気づかない。それを、妻がチェックしてくれることになる。

左足足底部のチェックが終わった。

顔を上げたその形相は、阿修羅の忿怒《ふんぬ》相もきっと、こうであろうと思える表情だった。

これまで聞いたこともない強い口調が私に向けられた。

「献体は絶対に同意しない!! あなたの身体は、これまで整形外科手術や形成手術で数えきれないほど切り刻まれている。死後、また、切り刻まれるのは耐えられません。私は絶対!! 絶対に反対です」

「献体問題」は、虚空に飛び散った。

死後の常世を疑っていながら、遺骨片をわざわざ遠い長野県北安曇白馬村に樹木葬地を確保して、その地に埋められるのを望んでいるのはなぜかと問われると、今、明快な答えを持ち合わせていない。

私たちが19年間過ごした信州。そして、私が、最も心穏やかに過ごせた上田市保野の地から白馬へ……。

2人と愛犬の存在証明は、俗名で記された小さな墓標。それしかない地の白馬になぜ?

……。

冬は雪が降り積もり、初夏は白馬五竜アルプス平に咲く、チングルマ、クロユリ、ミヤマオダマキ、ハクサンイチゲの群落が見下ろせ、秋は一面の紅葉にくるまれる、そんな四季の中に永遠に眠る……。

これは、「ニライカナイ」の片道切符しか手にしていない者の曖昧なロマンだ。贅沢の極みを許していただきたい。

私が、肉親に、強く望みたいことがある。

私の「死」に際しては、決して「涙」を流さないでほしい。

ただ、「ごくろうさま」の声で送ってほしい。

――なぜなら、充分ではなかったかもしれないが、私の「人生の自己実現」への挑戦は、まあまあ、頑張ったと思うからである。――

もちろん、葬儀もいらない。「死亡通知」は、肉親のみに限定してほしい。

「あいつ、この頃、音沙汰ないな」で、友人たちのそれぞれの記憶の片隅に、点描の彩りで居住まいが許された私の部屋を、いただけるだけでありがたい。

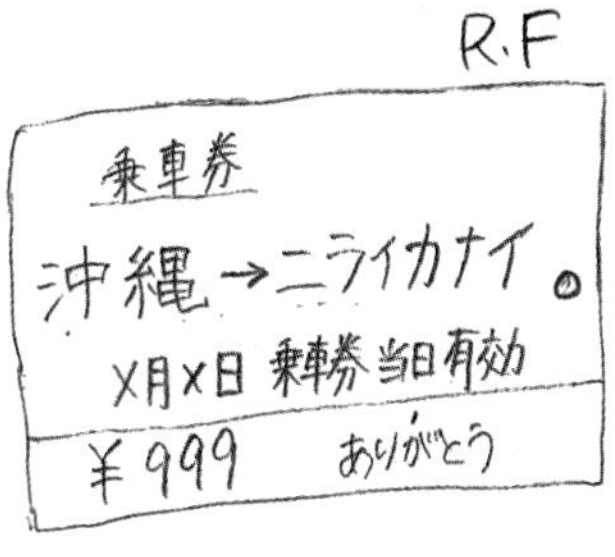
R.F
乗車券
沖縄→ニライカナイ。
X月X日 乗車券当日有効
¥999　ありがとう

あとがき

わが国は、ハンセン病者やその家族の人権を奪った代償に補償金を支払った。私はその補償金でフィリピン国立大学医学部レイテ分校学生への奨学金制度「伊波基金（現NPO法人クリオン虹の基金）」を創設した。本奨学金から17人の医師・看護師・助産師が育ち、フィリピン各地で地域医療の担い手として活躍中である。同基金は新たに、タルラックキャンパスでも奨学金授与と、循環型有機農業と水産養殖漁村への助成活動参加を決定し、「NPO法人クリオン虹の基金」が理念とする貧困、病気との闘いへの支援を続けている。

本書の収益のすべては、同基金の財政基盤づくりのために活用される。

表紙カバーは名嘉睦稔さんの版画が飾り、本文各章には、長野市立長野高等学校ノーマライゼーション戸崎公恵教室の生徒、斉藤彩乃さんと古川凜さんに、イラストを寄せて頂いた。まさに、老と青のコラボレーションが生まれた。

これまで、私の著書を世に送り出して頂いた人文書館社長の道川文夫氏から、ノンフィクション部分の記述に関して配慮すべき貴重なアドバイスを頂きました。校正には山本則子さんと平敷武蕉さんのお力添えがありました。本書の出版にお力添え下さった沖縄タイムス社DX戦略局出版コンテンツ部の城間有さんと併せて、心より感謝を申し上げます。

2024年3月

著者
伊波 敏男（いは・としお）
1943年、沖縄南大東島生まれ。14歳、ハンセン病発症で沖縄愛楽園入園。勉学のため同園から逃走。岡山県立邑久高等学校新良田教室、中央労働学院で学び、1969年、社会福祉法人東京コロニーに入所。1993～1996年、同法人・社団法人ゼンコロ常務理事。1996年退職。同年、作家活動に専念。2000年、長野上田市に移住。2003年、ハンセン病補償金で「伊波基金（現NPO法人クリオン虹の基金）」を創設。2004年、信州沖縄塾開塾塾長就任。2010年、長野大学客員教授。2019年、沖縄へ。2024年「第32回　若月賞」を受賞。

主な著作
『花に逢はん』(NHK出版、1997年、第18回沖縄タイムス出版文化賞正賞)
『夏椿、そして』（NHK出版、1998年）
『ハンセン病を生きて』（岩波ジュニア新書、2007年）
改訂新版『花に逢はん』（人文書館、2007年）
『ゆうなの花の季と』（人文書館、2007年)
『父の三線と杏子の花』（人文書館、2015年）
『句集・蒼い海の捜しもの』（私家版、2016年）
『島惑ひ』（人文書館、2018年）

ニライカナイへの往路

2024年3月14日　初版第1刷発行
2024年3月31日　初版第2刷発行

著者　伊波 敏男

発行　特定非営利活動法人クリオン虹の基金
〒380-0961　長野県長野市安茂里小市2-14-1　弓場会計事務所内

編集・発売　株式会社沖縄タイムス社
〒900-8678　沖縄県那覇市久茂地2－2－2
電話（出版コンテンツ部）098-860-3591　FAX098-860-3830
http://www.okinawatimes.co.jp

ISBN978-4-87127-714-3　C0095　Printed in Japan

印刷　株式会社東洋企画印刷

JASRAC出 240206015-01